나의 부캐를 찾아서

나의 부캐를 찾아서

초판 1쇄 발행 2025년 1월 8일

지은이 김진진
펴낸이 이기봉
편집 좋은땅 편집팀
펴낸곳 도서출판 좋은땅
주소 서울특별시 마포구 양화로12길 26 지월드빌딩 (서교동 395-7)
전화 02)374-8616~7
팩스 02)374-8614
이메일 gworldbook@naver.com
홈페이지 www.g-world.co.kr

ISBN 979-11-388-3898-6 (03810)

나의 부캐를 찾아서

김 진 진 수필집

좋은땅

◆ 인사말

어느 날 길을 걷다가 잃어버린 개를 찾는다는 광고 전단지를 보았다. 사람들은 자기가 사랑하는 개를 찾기 위해 저토록 많은 수고를 아끼지 않는구나 싶었다. 문득, 나는 내 자신을 찾기 위해 무슨 일을 하고 있는 것일까 하는 의문이 들었다.

스스로를 발견하기 위한 몰입의 순간들은 때로 공허하고 가끔은 감정의 사치를 소비하는 일처럼 무력하게 다가오기도 했다. 앎을 향한 기나긴 시간들을 헤매다 보니 소박하면 소박한 대로 부족하면 부족한 대로 사실을 전하는 것이 가장 자연스러운 일이라는 생각이 들었다.

바람 불어 추운 날, 원고 정리를 하고 있다. 1집 출간 뒤 많은 시간이 흘러갔음을 느낀다. 얕은 소견을 밑천 삼아 책 한 권을 내놓는 일이 적지 않은 부담이다. 그동안 써 놓은 수필들을 정리하면서 세월만큼 나의 생각들도 성숙해져 왔는지 의문이 남는다. 바쁜 생활 속에서도 글쓰기의 끈을 놓지 않으려고 적지 않은 노력을 기울이고 있다.

나만의 개성 있고 독창적인 작품을 쓰기 위해 애를 써 본다. 허나 재능이 그에 미치지 못함을 늘 아쉬워하며 지내고 있다. '문학은 곧 이미지'라는 개인적 소신과 함께 앞으로 생각의 축을 더욱 넓혀 가고자 한다. 인생에 대한 통찰의 시간들이 좀 더 깊어지기를 바라며 지나온 발자국들을 되짚어 본다.

그동안 주위의 많은 분들이 훌륭한 책들을 보내 주셨다. 홀로이 침잠의 시간을 지나며 글공부를 하는 데 있어 음으로 양으로 큰 보탬이 되었다. 이번 지면을 빌어 그분들에 대한 고마운 마음을 전하고 싶다. 깊어 가는 겨울날에 모든 인연들의 평안을 간구하면서 그들의 안전과 건강도 함께 기원드린다. 애써 주신 출판사 관계자 분들께도 감사드린다.

2025년 새해

관악산 언저리에서 김 진 진

| 목차 |

Chapter 나의 부캐를 찾아서

3부

Chapter 뻐꾸기 우는 여름

4부

Chapter 푸른 흔적 Ⅰ

1부

Chapter
폭군 흔적

1부

옥낭골 캥캥이

사람이 순박하기로야 옥낭골 캥캥이만 한 이도 드물다. 그는 선대부터 내려온 어느 문중의 산지기 아들로 태어났다. 오지에서 나고 자라 세상 물정에 어둡긴 해도 본래 기질이 순한지라 특별히 맺힌 구석이 없었다. 가솔이라고는 홀어머니와 단 둘뿐이어서 언제나 사람이 그리웠을 따름이었다. 울창한 숲을 배경으로 달랑 한 채뿐인 초라한 가옥 옆에는 엎드려 살아가는 한 크게 굶지는 않을 정도의 논과 밭뙈기가 펼쳐져 있었다. 산자락 아래 오목하게 들어앉은 분지는 빛살이 퉁길 듯 화창해서 몇 안 되는 입들이 배를 불리기에는 안성맞춤이었다.

그는 원체 욕심 없는 인사로 근년에 이르러 심성 무던한 각시를 만나 겨우 노총각 신세를 면했다. 변변찮은 아내일지라도 꽃보다 어여쁜 딸아이를 얻어 밭둑을 아장대니 행복에 겨운 나날이었다. 남아도는 웃음소리가 굴뚝새 소리와 함께 골짜기를 타고 퍼져 올랐다. 그래도 이 넓고 우거진 산속에 움직이는 그림자라곤 겨우 넷뿐이니 가끔은 적적한 기분이 들기 마련이었다. 손꼽아 기다리던 여름방학이나 돼야 그의 명랑한 기운이 살아나곤 했다.

옥낭골에서 오리 이상 떨어진 아랫동네에는 오래된 어촌마을이 있었다. 앞쪽으로 툭 트인 바다를 끼고 근동에서 가옥수가 실하게 퍼져 있기론 손꼽히는 동네답게 고샅에는 아이들이 늘 시끌벅적했다. 나이순이 들쭉날쭉한 개구쟁이들 틈새에서 그래도 형님 격으로 앞장서는 이가 있으니 그가 바로 소먹이촌장이었다. 이십 줄에 들어섰음에도 셈법은 워낙 젬병이라 이렇다 할 잇속을 몰랐다. 조금 덜 떨어진 듯해서 애도 아니고 어른도 아니었지만 해야 할 일은 꼭 해내는 묘한 존재였다.

점심때가 지나면 정해진 하루 일과를 치루 듯 껑충한 소먹이촌장이 고샅에 나와 서서 된소리를 한바탕 내질렀다.

"소 먹이러 가자~~~. 소 먹이러 가자~~~."

바닷가에서 신나게 멱을 감던 아이들에게는 이것이 바로 신호탄이었다. 짭짤한 물속에서 기어 나오는 녀석들마다 밤 껍질마냥 반질반질해서 너나없이 잇새만 하얗게 반짝였다. 물기 젖은 몸을 닦기도 전에 주섬주섬 옷들을 꿰차느라 야단법석이었다. 그런 다음에야 해변에 매인 제 소들을 찾아 고삐를 잡고 하나 둘 소먹이촌장의 뒤를 따라갔다. 그들이 향하는 곳은 황싯골이나 섭싯골, 엇티 등 인적이 드물고 풀이 한창 우거진 곳이었다.

오늘은 땀방울 뚝뚝 떨어지는 들길을 걸어 오랜만에 옥낭골에 당도했다. 이들이 반가워 어쩔 줄 몰라 함박 같은 웃음을 짓는 이는 당연히 캥캥이였다. 그는 한쪽 어깨를 들었다 놨다 요란한 걸음으로 연신 부지런히 달려 나왔다.

“와와 와, 왔어! 어어, 어서와! 캥캥.”

소먹이촌장이 그를 보고 다짜고짜 손가락을 이리저리 찔러 대면 두말할 필요도 없이 바로 대꾸했다.

“저저, 저쪽 고 골짝으로 푸푸 푸, 풀어들 놔! 캥캥.”

온전치 못한 걸음에 말끝마다 코를 캥캥거리는 통에 아이들이 지어 준 별명이 캥캥이였다. 오지에서 홀로 자라 사람과의 내왕이 드물었던 탓인지 말까지 더듬었다. 녀석들은 고삐를 꼬아 소에게 짧은 목줄을 매거나 소뿔에 휘휘 둘러 감아 단단히 끝막음을 하고는 그가 가리키는 풀숲에 소들을 풀어 놓았다. 고삐가 풀리는 날에는 어딘가에 줄이 감겨 소들이 꼼짝을 못하기 때문이었다.

그런 다음 어수선한 녀석들을 불러 모아 소먹이촌장이 제법 거창하게 제비뽑기를 실시했다. 몇몇 아이들을 짝지어 산등성이로, 산 아래로, 혹은 옥낭골 저편 오른쪽이나 이편 왼쪽으로 무리를 지어 흩어 놓았다. 소가 멀리 도망가지 못하도록 이리저리 지킨다는 구실은 뒷전이었다. 이때부터 녀석들은 신나는 놀이에 온통 정신이 팔렸다. 나뭇잎을 뜯어 투구와 갑옷을 만들거나 산길을 오르락내리락 고함을 치고 몰려다니며 엎치고 뒤치고 온갖 난장을 벌였다. 오랜만에 고요하던 옥낭골이 삽시간에 떠들썩해지는 것이었다.

그러는 사이에 소먹이촌장은 나무 그늘에서 낮잠에 들거나 아이들 먹을거리를 준비했다. 모닥불을 피워 놓고 싸 온 감자를 굽거나 캥캥이네 밭둑에서 얻어 들인 콩이나 열매자투리를 모아 잔불에 얹어 놓고 이리 기웃 저리 기웃 어슬렁거렸다. 희한한 일은 캥캥이와 소먹이촌장이 만나기만 하면 서로 기막힌 아삼륙이라는 것이었다. 둘 사이에 나이차가 꽤 큰 편인데도 불구하고 그저 척하면 척으로 손가락 몇 개만 움직여도 죽이 척척 맞아떨어졌다. 허허실실 분지 가득 웃음이 흘러 넘쳐서 사는 맛이 절로 흥겨워지는 셈이었다.

도무지 약은 구석이라곤 찾아볼 수 없는 그런 캥캥이도 산지기의 책임은 잊지 않았다. 다른 마을 사람들이 산그늘에 나타나면 화를 불끈불끈 내며 지게 작대기로 열심히 쫓아냈다. 하지만 그것은 시늉일 뿐으로 한쪽 눈을 찡긋거리며 땔거리로 잡목이나 슬슬 해 가도록 적당히 눈감아 주었다.

일 년 중 캥캥이가 가장 유쾌해지는 때는 따로 있었다. 아랫마을 처녀들이 십시일반 돈을 모아 수박이나 참외를 사러 오는 날이었다. 붉은 뺨에 곱살스런 처녀들이 바구니를 끼고 밭둑에 앉아 있으면 신바람이 마구 솟구치는 모양이었다.

"가가 가만히들 있어! 캥캥. 내내 내가 다다 다 알아서 해 줄게! 캥캥."

고른 이를 하얗게 드러내 보이며 히죽 웃고는 열기가 쏟아지는 밭 속으로 성큼 들어섰다. 이 고랑 저 고랑 어깨를 들썩거리며 푸른 물이 진하게 밴 수박이나 샛노란 참외를 잘도 찾아 처녀들 발치에 죽 늘어놓았다.

"우우 우선들 하하 하나씩 머 먹어 봐, 캥캥. 마 맛있으면 사사 사 가면 돼, 캥캥."

발그레한 입술로 참외를 덥석 베어 무는 처녀들을 보면 캥캥이의 흐뭇한 얼굴은 붉은 햇살처럼 환하게 물들었다. 그리고는 함박꽃처럼 하얀 웃음을 가득 피워 올렸다.

그 옥낭골은 이제 첩첩산중이나 진배없이 되었다. 문명의 발달로 사람의 발길이 끊어진 지 이미 오래전이다. 어느덧 나이 지긋해진 그때의 처녀총각들은 지금도 모이기만 하면 약방의 감초처럼 누군가의 입에서는 꼭 한 번쯤 그의 이야기가 절로 흘러나오곤 한다. 그 옛날 캥캥이의 순박함과 인정이 진하게 남아 잊히지 않기 때문이다. 두고두고 그들 가슴 속에서는 고향에 대한 향수와 더불어 어린 날의 소중한 추억 한 자락으로 깊게 남아 있다.

꽃 지고 물결 흘러

벚꽃 진 천변에는 산 그림자 떠 있고 새순 핀 들판 너머에는 농다리가 놓여 있다. 장님이 북채 거머쥐듯 양 발을 더듬이 삼아 그 위에서 중심축을 밟는다. 하천을 가로질러 야간열차처럼 허리를 뻗친 농다리. 오가는 사람들 사이를 비켜서서 전방을 주시한다. 스리 슬쩍 곡선을 휜 등뼈가 야무지다. 때로 에둘러 가야 하는 것이 삶의 길임을 넌지시 일러 주는 듯하다. 순리를 거스르지 않는 돋을새김이 풍경 안에 자연스러움을 더해 준다.

돌다리를 부딪치는 미호천 물소리가 귓가를 두드린다. 묵은 속을 씻김 하는 청량함이 단숨에 가슴 속을 파고든다. 성난 사자의 목울대 소리도 아니요, 잠든 고양이의 새근대는 소리도 아니다. 득음을 얻은 소리꾼같이 맑고 시원한 소리다. 잡스러움을 떨쳐낸 유장한 울음이다. 곡조를 잃은 울음 속에는 사나움이 배어 있지만 리듬을 품은 울음 속에는 부드러움이 스며 있다. 사람의 마음을 끌어당기는 가락이 실려 있다.

거침없이 흐르는 천변에 서서 묵중한 돌무더기와 물의 사랑노래를 듣는다. 세상 어딘가를 돌고 돌아 낮게 임한 비워냄의 소리가 선명하다. 서로의 부대낌을 걸러 낸 조화와 타협이 물결을 타고 흐른다. 아름답고 명징한 천년울음이 끝없이 제 몸을 켜는 중이다. 그 선율을 따라 굽이진 세상을 가벼이 흐르고 싶다.

농다리 위에서 조심스레 발끝을 내디디며 불현듯 생각한다. 하천 바닥에 똬리를 틀고 움직이지 않는 이 오랜 부동심에 대해서 말이다. 동체처럼 엇물린 돌멩이들의 견고함에서 혼연일체를 떠올린다. 수시로 흔들리는 내 나약함은 어디로부터 근원하는가. 정신과 육체의 불완전한 진동, 그렇다. 오만가지 일들이 품격을 훼손하는 동안 스스로의 존엄에 대해 투철하지 못했던 것은 아니었는지 자문해 본다.

겸허하게 엎드린 돌무더기 앞에서 무언의 깨우침을 얻는다. 삶의 들뜬 부추김들을 과감히 떨쳐 버리는 마음의 의지를 심는다. 직관을 잃어버린 이성이란 한 순간에 가치를 폄하시키는 훼방꾼과 진배없다. 판단력이 눈을 감으면 이리저리 갈지자걸음으로 샛길을 내지 않던가. 그러니 어느 때나 흔들림을 잠재우는 것은 단순명쾌함일 것이다. 수많은 갈래를 지우는 곳에 농다리 같은 지름길이 생겨나는 법과 마찬가지다.

눈과 귀를 흐뭇하게 만드는 농다리를 건넌다. 하천을 질러오는 바람결에 숲의 무게와 향기가 소리 없이 묻어난다. 요란한 악장을 펼치던 벚꽃 들은 시나브로 모습을 감추었고 어린잎사귀들만 가득 풀어 놓은 산자락은 유유자적 다감하다. 풍요를 꿈꾸는 눈동자다. 좁은 산길이 발걸음을 마중 하듯 반가움을 드러낸다. 여유롭게 누워 있는 하천의 풍광을 따라 자박자박 걷다 보니 번거로운 일상이 꼬리를 끊고 달아난다.

농다리 윗길에 놓인 나지막한 징검다리 위에서 걸음을 멈춘다. 거센 물의 흐름을 감싸 안고 다독이는 매무새가 속 깊은 여인의 손길을 닮아 있다. 밀려드는 성급함을 숨 고르듯 제어해준다. 대갓집 안방마님 식솔 어르기만큼이나 차분한 솜씨다. 어차피 부동심이 똬리를 틀고 들어앉기는 여기도 매한가지인 셈이다. 이렇듯 한 차례 숨겨진 통제를 눈치로나마 대강 거두어들이고 있는 농다리는 사뭇 대범하게 보인다. 윗길의 징검다리가 얌전한 암돌이라면 아랫길의 농다리는 활달한 숫돌이다. 서로의 바라봄에는 간격과 품격이 있다.

들길을 한 바퀴 돌아 다시 초입에 우뚝 서 본다. 툭 트인 천변가에 봄날의 하루가 푸르게 펼쳐지고 있다. 저 산과 이 들을 하나로 묶어주는 충북 진천 농다리. 사람의 마음을 읽은 자의 애틋하고 거룩한 산물 앞에서 그의 선한 의지를 읽는다. 옹골차게 쭉 뻗은 농다리의 품새 속에서 그의 굳은 심지와 깊은 혜안을 느낀다. 소통과 열림을 향한 통찰의 의미를 배운다. 돌멩이를 이고 지고 들어 나르던 사람들의 갈망, 해 질 녘 연장을 씻던 이들의 수고로움과 염원, 그 옛날 땀 서린 그들의 웃음소리가 먼 이야기처럼 들려온다.

거리낌 없는 하루, 농다리가 품은 부동심을 내 안에 들어앉힌다. 올곧은 마음의 표상 하나 굳게 갈무리한다. 일상의 우둔함을 씻겨 내는 미호천 물소리가 꽃 지고 물결 흘러 고단하게 살아온 날들의 내 오랜 평형수나 되듯 마음 한 자락을 붙잡는다. 무지로 얼룩진 삶의 귀퉁이에서 허술한 자아를 길어 올리는 저 물그림자는 누구인가. 살아서 고독한 낯선 얼굴이 스스로 깊어지는 동안 맑고 투명한 고요가 내 심연의 골짜기를 거르는 치유의 빛처럼 흘러간다. 천년의 다리, 천년의 부동심을 향해 조용히 경배를 드린다.

틈새

따가운 햇살이 정수리를 달군다. 실바람 한 줄기가 그나마 숨통을 틔워 주니 다행이다. 그늘만을 골라 길을 걷다가 문득 어느 집 긴 담장 중앙에 시선이 머문다. 위에서 바닥까지 굵직한 금이 가서 앞뒤로 벌어진 것이 다소 불안한 입체감을 보여 준다. 잠시 멈추어 서서 갈라진 틈을 자세히 들여다본다. 수없이 지나다니던 길 위에서 왜 갑자기 거기에 눈길이 꽂히는 것인지 알 수 없다. 자동차가 들이 박았나 싶던 순간에 뜬금없는 생각이 불쑥 솟아오른다. '틈이란 대체 무엇일까?' 하고.

한번 비집고 든 생각은 똬리를 튼 것처럼 요지부동이다. 발걸음을 옮길 때마다 눈길은 자연히 벽면들을 향하고 집요하게 갈라진 곳을 찾기 시작한다. 멀쩡해 보이는 벽 앞에 서서 한참을 이리저리 살피다 보니 꺾어진 구석 안쪽 어딘가에는 작은 실금이라도 하나씩은 있다. 조금이라도 금이 간 곳이 보이면 다행이다 싶어 이상한 안도감마저 생겨난다. 그러다 보니 실금조차 보이지 않는 견고한 벽들이 오히려 비정상으로 느껴진다. 꽉 막힌 듯 갑갑증이 밀려든다고나 할까.

탄탄한 것들은 늘 긴장되어 있다. 근육질을 자랑하는 구릿빛 육체미를 봐도 왠지 사람 자체가 살가워 보이지는 않는다. 방금 도착한 새 차도 어쩐지 마음이 편한 것만은 아니다. 터질 듯한 쫄바지를 보면 천을 덧대어 조금은 헐렁하게 만들어주고 싶다. 약간은 늘어지고 흠집이 슬쩍 가 있어야 만만하게 느껴진다. 바람이 드나들듯 그것 나름의 틈새가 좀 있어야 부드러운 맛이 살아나기 때문이다.

잔뜩 긴장해서 바쁜 시간을 지내다 보면 하루가 마치 단단한 옹벽이나 되는 듯 느껴질 때가 있다. 언젠가 그 벽에 커다란 줄금 하나 새겨 두고 느긋하게 지내리라 다짐하던 순간들도 있었다. 째깍거리는 시간을 향해 경주라도 하는 양 부지런을 떨다 보면 철저함이거나 완벽함이거나 내 속에 둘 중 하나는 분명 숨어 있다는 생각이 들기도 한다. 오랜 습관이거나 성격적인 탓인지도 모른다. 그렇듯 칼칼하던 내 마음에 한 줄기 틈새가 자리 잡기 시작한 것은 언제쯤이었을까.

느닷없는 친정어머니의 부고는 신장 기능 저하로 인한 급성 사망이었다. 그것은 마치 일순간에 쳐들어온 도로 위의 지진자국 같았다. 도무지 믿기지 않아 한순간 멍하다가 파노라마를 보듯 모든 것이 한꺼번에 뒤돌아보이던 캄캄한 시간들이었다. 끊임없이 앞으로 치닫기만 하던 날들이 갑자기 작동을 멈춘 불도 저처럼 무겁게 흘러갔다. 하나의 충격이 가해진 상태, 그 틈새로 인해 파생되는 갖가지 현상들이 찾아왔다. 우울과 무기력, 허망함과 자괴감, 멀쩡하던 것들이 갑자기 중심을 잃고 부유하는 것만 같았다.

단단하던 시멘트 바닥에 굴착기가 굉음을 내면서 순식간에 파고들듯이 오랜 시간 알 수 없는 마음의 균열이 세차게 밀려들었다. 수년간 잠잠하던 내 의식 세계가 일시에 제멋대로 흔들렸다. 그것이야말로 견고하던 내 마음의 옹벽들이 쪼개져 수많은 틈새를 이루던 때였다. 손 안의 울림처럼 얼얼하던 것들은 살아온 날들에 대한 끊임없는 의문과 반문들을 쏟아냈다. 하여 살아간다는 것은 대체 무엇일까 하고 비로소 내 마음 곳곳에 이름 없는 푯말들을 새겨 놓았다.

몇 달을 그러고 난 뒤에야 그 사이사이로 무언가 천천히 날아와 앉기 시작했다. 알 듯 모를 듯 미세한 숨길을 헤치며 전에는 좀처럼 깨닫지 못했던 것들이 의식의 계단을 열어 제치고 희미한 빛깔로 무늬들을 이루기 시작했다. 먼지와 비와 바람이 드나들고 이끼 같은 것들이 서서히 자리를 잡을 때쯤 해서야 비로소 안 보이던 것들이 하나 둘 생겨났다. 언제부턴가 내가 세운 기준점들로부터 멀어져 있던 것들이 카메라의 초점을 눈앞으로 확 끌어당기듯 세세하게 다가왔다.

나의 신념이나 생각, 방향이 다른 지점들이 저 멀리에서 새로운 모습을 하고 있었다. 무언가 불확실하고 기우뚱해 보이는 지평 너머의 것들이 놀랍게 다가들던 순간들이었다. 그것은 지나온 세월의 흐름 속에서 어느덧 자기만의 둘레를 형성하고 굳게 닫혀 있던 편견들을 깨부수게 만들었다. 신선하게 눈을 떠 본 거기에서 알 수 없는 변화와 혁신이 심하게 뒤섞였다고나 할까. 그 기간들은 다소 어지러웠지만 많은 것들이 혼합되고 융해되는 과정에서 내 나름의 '어떤 열림'을 맛보았다고 하는 것이 솔직한 고백일 것이다.

혼란을 경험한다는 것은 올바른 길을 가기 위한 도화선을 찾는 일이다. 갑자기 맞닥뜨린 난기류 속에서 무엇을 선택해야 하는지는 각자의 선한 의지뿐이다. 선택의 기로에 놓인 우리에게 견고한 의지가 필요한 것은 바로 이런 순간들이다. 이것이야말로 틈이 보이기 시작하는 전환점이다. 그 틈을 향해 솟아나는 질문들을 얹어 두고 제 나름의 의미들을 되새겨 보는 일, 단단한 마음의 모퉁이에 서느런 눈길을 던지고 조금씩 궁굴리면서 모난 것들을 다독여 보는 것, 살아가는 일이란 점차 둥근 것을 향해 조금씩 발을 내딛는 일이 아닐까.

사람살이도 예외가 아니다. 원만한 인간관계를 유지하자면 바로 이런 틈새를 보일 때라야 가능해진다. 휘어짐 없이 드세기만 한 것들은 그저 사나워 보일 뿐, 세거나 강하게 느껴지지 않는다. 제 고집에 겨워 좀체 수그러들지 않는 것들도 따지고 보면 그 마음 밭이 비좁아 옹졸해 보일 뿐이다. 열기가 치솟는 더위 속에서 갑자기 쏟아지는 한 자락 빗줄기는 시원함과 잠깐의 여유를 동시에 선사해 준다. 이쪽과 저쪽이 보이고 그 사이에 조그만 샛길을 놓아두는 것, 간격을 조율하고 융통성을 발휘해 보는 것, 이것이야말로 틈새의 역할일지 모른다. 햇볕이 내리쏟는 길 위를 걸으며 내 마음의 틈새가 날로 번성해지기를 소원해 본다.

푸른 흔적

파란(波瀾)이 일었다. 산자락을 쓸고 내려와 질주하는 바람소리에 몸을 맡겼다. 치대는 가지들 사이를 비집고 밀려드는 폭풍우가 온 몸을 휩쓸고 지났다. 미친 듯 바람받이 언덕을 내달릴 때면 환청 아닌 환청으로 거센 이명이 소용돌이쳤다. 창창하던 일상이 무너진 당혹감에 나는 어찌할 바를 몰랐다. 대학 입시 준비로 밤늦게까지 자율학습에 매달리던 내게 대학 진학을 포기하라는 부모님의 말씀은 청천벽력이었기 때문이다. 부러진 앞날이 창백한 얼굴을 들이미는 순간, 걷잡을 수 없는 정신적 무질서가 덮쳤다.

가을 하늘이 수시로 색깔을 달리했다. 파르스름하다가 파랗다가 이내 새파랗게 모습을 바꾸었다. 된통 후려 맞은 뒤끝처럼 퍼렇다가 시퍼렇기도 해서 마침내 불그죽죽 검은 빛을 내쏘았다. 호된 아픔이 일었다. 숨겨진 발작이 심장을 관통해 말초혈관 어딘가를 들쑤시고 다니는 것 같았다. 온순하기만 해서 억눌렸던 사춘기가 뒤늦게 때를 만난 광기처럼 아무도 모르게 내 안에서 지각변동을 일으켰다. 무엇이 문제인가.

입시가 코앞으로 다가왔다. 하교 길에 무작정 버스를 타고 서

울역에 내렸다. 휘청거리는 오후의 도심이 어지럽게 출렁거렸다. 고삐 풀린 망아지처럼 제멋대로 시내를 배회하다 종로를 거쳐 혜화동 사거리를 지났다. 하나둘 불빛이 거리를 수놓기 시작했다. 서울의 거리를 활기차게 만드는 아랑곳없는 무심함이었다. 둔중한 열아홉이 아니어서 참으로 막막했다. 느닷없는 병마처럼 몸속을 파고드는 스산한 울분에 부대껴 아리랑고개에 이르렀다. 터벅터벅 어두컴컴한 북악스카이웨이 중간에 올랐을 때였다.

갑작스런 바이올린 소리가 귀청을 울렸다. 그 소리를 향하여 몸을 틀었다. 검고 울창한 나무들 건너편 2층 창가에서 누군가 연주를 시작했다. 사라사테의 지고이네르바이젠이 밤하늘을 뚫고 솟구쳤다. 파편이 튀듯 일시에 가슴속이 뒤흔들렸다. 따스한 불빛과 이완된 평화, 그것이 도화선이었을까. 내 안에 웅크린 어떤 것이 걷잡을 수 없이 눈시울을 타고 흘렀다. 한때의 나의 날들이 거기에 살아 움직이고 있었다. 언제쯤 되찾을 수 있을 것인가. 원서를 쓰느라 북적대는 아이들 모습이 눈앞에 어른거렸다. 이 고통을 끊을 수 있는 무언가가 필요했다. 그들 속에서 스스로를 솎아 내지 않으면 안 되었다. 그날 밤 죽은 듯 엎드려 날밤을 새웠다. 정릉 골짜기를 타고 흐르는 싸늘한 바람이 밤새 주택가 창살을 오르내렸다.

대학 시험이 시작된 입시 날 아침, 나는 어느 회사의 사무실에 앉아 있었다. 면접을 끝내고 온갖 물감으로 실기 시험에 몰두해 있었다. 그것이 내 사회생활의 시발점이었다. 입사 뒤 찬란한 청춘의 유혹들이 손을 내밀었다. 부산한 감정으로 얽힌 머릿속은 오로지 무언가를 향한 응시로 가득할 뿐이어서 모두가 관심 밖이었다. 입담에 능한 이들이 혹시 석화(石花) 아니냐는 농담을 던져도 그저 귓등을 타고 흘러내렸다. 속에서는 번뜩이는 이성의 소리가 예민한 촉수처럼 등뼈를 타고 올라 신열을 뿜어내는 중이었으니까 말이다.

대학을 나온 자와 대학을 나오지 못한 자의 경계가 나를 괴롭혔다. 보이지 않는 유리벽이 은밀히 내통하는 이 사회가 잠재된 치열함에 거센 물살을 일으켰다. 거미줄 같은 장막을 치워야겠다는 오기만이 꿈틀거렸다. 어떠한 순간에도 혼신을 다한 것만이 확고한 자리매김을 보장해 주었다. 누군가 허튼소리로 자신의 위치에서 견줄 바 없는 자리를 확보했다고 말해준 것이 이십대 중반이었을까. 그러나 나의 정신세계는 여전히 혼란스러웠다.

바로 그 무렵이었다. 어느 날 서점 안을 돌다가 독특한 이름의 책을 발견했다. 헤르만 헤세의 『유리알 유희』였다. 헤세의 어지간한 책들은 이미 다 섭렵한 뒤인지라 그의 언어가 더욱 궁금

했다. 뛰어난 음악적 자질을 갖춘 불우한 13세 소년의 성장기였다. '음악 속에서 규범과 자유, 복종과 지배를 온화하게 융화시키는 정신적 경지'[1] 그것이 어린 음악 천재 요제프 크네히트가 지닌 가장 뛰어난 재능이었다. 음악가가 될 소질과 영감, 무한한 절제와 경외감을 일찍 발견한 그의 스승(음악명인)은 무언 속에서 많은 것들을 가르쳐 주었다. 정신의 굴곡을 통과하는 한 젊은이의 내면세계가 세밀하게 펼쳐졌다. 모든 세속적인 것들을 벗어난 명상의 세계(유리알 유희)가 나의 심연을 파고들었다.

명상의 단계들이 고차원으로 심화될수록 어린아이와도 같은 순진무구함을 추구하게 된 요제프 크네히트의 모습이 마음을 사로잡았다. '바람소리와 빗소리에 귀를 기울이고 꽃이나 흐르는 물을 들여다보고, 그저 모든 것을 희미하게 느끼고 동정과 호기심과 이해하고자 하는 욕심에 마음이 끌렸다. 자아에서 다른 자아로, 세계로, 비밀과 신비로, 현상 속의 슬프고도 아름다운 유희'[2]로 잠겨 가는 은발의 성자에게서 나는 우아한 원숙함을 발견했다. 인간의 정신세계, 그 넓이와 깊이가 짙은 여운을 남겼다.

길이란 얼마나 무수한가. 한 권의 책이 내 안에 숨겨진 도약과 의지를 집중과 침잠으로 이끌고 마침내 비약으로 나아가게 만들

---

1) 헤르만 헤세, 『유리알 유희』, 청림출판사, 1991년.

2) 헤르만 헤세, 『유리알 유희』, 청림출판사, 1991년.

었다. 조금 늦었지만 대학교에서 4년 동안 국어국문학을 전공했다. 일과 공부를 병행하는 것이 쉬운 일은 아니었다. 교재 한 권당 무조건 기본 6번 이상 독파했다. 어디쯤 무슨 내용이 있는지 환히 꿰뚫어야만 비로소 책을 놓았다. 4학년 졸업 무렵에는 체중이 11kg 넘게 줄어 있었지만 몰입과 성취, 그 모두가 만족스러웠다. 정신적 무질서와 방황이 걷히고 후련함이 동시에 밀려들었다.

푸른 흔적들이 거친 무늬를 이루며 내 안에서 꿈틀대던 시간들이 지나갔다. 때로 오랜 고통 속에 서 있었지만 고통의 점화가 나를 진화시켰고 그것이 오늘의 나를 만들었다. 우리의 인지적 기능은 인색해서 한참만에야 조금의 지혜를 돌려준다. 오만가지 푸른빛으로 나를 지배했던 격렬한 이십대가 그 뒤 머나 먼 항해를 시작했다.

생의 전환점을 돌고 돌아 우연히 만난 『금강경』이 근래의 나를 새로이 정립시키고 있다. 잡다한 세상사를 분리해서 저만치 던져 놓고 번잡스러움을 뚝 떼어 내 마음 밖에서 바라볼 수 있게 된 것은 참으로 다행이다. 날이 갈수록 고운 것과 미운 것의 경계가 생겨나지 않으니 스스로 편안함을 얻었다고 해야 옳겠다.

눈발 흩날리는 오지에서

불영사 일주문을 통과한다. 차고 시원한 바람이 골짜기를 돌아나간다. 일시에 몸을 흔든 솔숲의 향기가 폐부를 뚫고 들어온다. 미적지근하던 온 몸의 피돌기들이 일제히 지느러미를 펄치고 일어선다. 무상무념에 퉁을 치듯 생동감이 살아난다. 일년에도 서너 번씩 36번 국도를 오르내리다 불영계곡에 든 것은 뜻밖이다. 유연하게 허리를 튼 계곡에 봄날 오후에 내리는 배꽃처럼 눈발이 쌓이고 있다. 치솟은 기암절벽과 점점이 날리는 눈꽃들. 아침빛이 산란하는 비경 속으로 겨울이 서막을 알리고 있다.

푸른 절벽이 하늘을 이고 서 있는 수려한 모퉁이를 막 돌았을 때다. 금강송이 양쪽으로 허리를 뻗친 저 숲길 끝에 웬 사람 하나가 멀리 사라지고 있다. 장삼자락이 펄럭이는 것을 보니 스님인 모양새다. 이 아침에 눈길을 홀로 밟는 산사람의 속내가 궁금해진다.

드디어 불영사다. 깊고 깊은 산중에 탁 트인 분지가 들판처럼 펼쳐진다. 오지 속 오지 안에 밤새 내려 쌓인 눈발이 그림 같은 절집을 떠받들고 있다. 담백한 아름다움이 밀림처럼 들어찬 도시인의 마음을 사로잡는다. 숨 막힐 듯 아름다운 이 대지 위의 정적을 향해 가만히 발끝을 내디딘다. 사박사박 눈길을 밟는 소리가 드넓은 경내를 울린다. 단조로움이 품위를 담아내는 산사의 고요가 천축산 아래를 물들이고 있다.

가던 발길을 멈추고 석탑 위로 흩날리는 눈꽃을 바라본다. 염원을 비우고 소망을 버리고 언젠가 나도 저렇듯 가벼운 충만감으로 자유롭게 내려앉을 수 있을까 잠시 생각한다. 평온함이 내려앉은 법당 뒤편으로 가느다란 적송을 가로지른 흰 회벽들이 길게 늘어서 있다. 그 벽들은 아침햇살을 받아 더욱 희게 빛나며 맑은 기운을 한창 뿜어내는 중이다. 스님들의 거처와 거처 사이 운동장처럼 넓은 앞마당은 눈을 쓸어 낸 작은 오솔길 사이로 댓돌마다 흰 고무신들만 가지런하다. 아무런 기척도 없고 온통 잠잠하다. 그 알 수 없는 고요가 내 오랜 그리움이기라도 한 것처럼 한꺼번에 시선을 빨아들인다.

내 어릴 적 할머니 거처 앞 댓돌 위에 언제나 덩그러니 놓여있던 흰 고무신. 삼십 초반 졸지에 할아버지를 잃고 평생 빈 둥지처럼 고적했던 할머니의 방도 늘 그렇게 잠잠했었지. 추위가 발등까지 얼어붙게 만들던 아침에도 어느새 맑게 헹구어져 대청 끝에 가지런히 세워져 있던 흰 고무신을 보면 어린 마음에도 왜 그리 가슴 시리던지. 그때 할머니는 방안에서 홀로 무슨 생각들을 그리 곰곰이 했던 것일까.

문득 솔숲 사이로 저만치 앞서 가던 스님은 지금쯤 어느 방에 계실지 궁금해진다. 환한 동창 아래 경을 읽거나 낡은 승복 귀퉁이 어디쯤을 매만지고 있을지도 모른다. 적적함을 이겨 내는 비법이란 홀로 있음을 지극히 체득하는 일이 전부일 것이다. 할머니의 빈 둥지 안에는 으레 감아야 할 실꾸리가 넘치거나, 혹은 버선목을 뒤집어 터진 솔기를 기우거나, 화투로 일진을 떼어 보거나, 유일하게 남은 할아버지의 사진 한 장을 거울처럼 들여다보거나, 장롱안의 옷들을 꺼내 다시 차곡차곡 개키거나, 쓸데없이 저고리 동정을 새로 갈거나, 달력에 이런저런 표시들을 하거나, 다가올 날짜를 헤아리며 손가락을 꼽아 보거나 하는 일들이었다.

적막한 오지의 절집 마당에서 그것들이 느닷없는 그리움으로 살아나고 있음은 어인 일인가. 생생한 기억의 파편들이 내 육신의 지문처럼 남아 오랜 삶의 근간을 이루어 왔음인가 하여 퍼뜩 놀라움이 스친다. 평소에는 생각해 본 일 없는 멀고 먼 기억들이 바로 어제 일같이 눈앞에 떠오르고 있지 않는가. 부지불식간에 할머니의 생전 모습이 나를 예닐곱 어린 시절로 되돌려 놓는다.

이맛전을 스치는 손길에 어렴풋이 눈을 떠보면 내 어깨 위로 이불깃을 꼭꼭 눌러 주던 할머니였다. 비몽사몽을 헤매다 슬쩍 눈을 떠보면 새벽빛이 희미한 동창을 향해 검은 그림자처럼 앉아 있던 모습들이 영화의 한 장면처럼 지나간다. 아침마다 쪽진 머리를 하고 대청을 지나가던 때의 날렵한 모습과 가끔씩 뒤주 뚜껑을 열어 보고는 남아 있는 쌀의 깊이를 가늠해 보던 종갓집 안주인의 서늘한 눈매까지 되살아난다.

하여 무의당과 선축선원을 지나며 다시금 천천히 생각해 보는 것이다. 눈 쌓인 오지의 들판에서 '홀로 있음'의 그 쓸쓸함에 대하여 말이다. 네 명의 자식들을 끼고 홀로 남아 살아있음에도 여전했던 책임감이 마지막 그녀 삶의 몫이었겠지 싶다. 환갑을 지나고 두세 달쯤 지나 할머니가 세상을 떴을 때, 나는 고작 초등학교 사학년 어린 소녀였을 뿐인데 빈 방이 왜 그리도 서럽고 아쉽기만 하던지…. 그때 누군가의 뒤에 남겨진다는 것이 지독한 슬픔임을 일찍이 알아 버린 셈이다.

오지 속 오지를 지나 천천히 불영계곡을 빠져나온다. 도로 가장귀에 차를 세우고 선유정 끝머리에 올라 금강송 군락지로 먼 눈길을 얹는다. 굽이굽이 산자락을 돌아 나온 바람이 솔숲에 내리는 눈발들을 더욱 거세게 흩날리고 있다.

춤, 그 환희

강남구 역삼동에 있는 LG아트센터. CBS 창사 60주년 특별 공연, 사라 바라스의 〈Art Flamenco〉가 시작되었다. 일순간 모든 불이 꺼진다. 잠시 뒤 무대 위로 약간의 조명만 희미하게 들어온다. 스페인 전통 악기를 든 몇몇의 남자들이 무대 맨 뒤 의자에 앉아 있다. 뒤쪽에서 몸의 윤곽만 비춰질 뿐, 표정을 전혀 읽을 수 없다. 캄캄한 객석은 옆 사람의 숨소리가 느껴질 만큼 쥐 죽은 듯 고요하다. 십여 명의 남녀 혼합 댄서들이 들어와 가볍고 경쾌한 발동작을 보여 준다. 일사불란한 군무를 시작으로 점차 빠른 춤사위로 이어진다. 바닥을 두드리는 힘찬 발소리가 타악기의 울림처럼 깊고 빠르게 퍼져 나간다.

점차 춤이 익어 가자 이 시대 최고의 여성 플라멩코 무용수, 사라 바라스가 나타난다. 음악을 연주하는 사람들과 군무를 추던 댄서들은 일순간 배경이 되어 어둠 속에 묻혀 버린다. 동시에 그녀의 머리위로 한 줄기 조명이 내리쏟아진다. 두 팔을 드러내고 허벅지까지 몸에 꽉 끼는 검정 드레스를 입고 있다. 허벅지 중간부터 치마폭이 점점 넓어지고 복사뼈 근처의 밑단은 화려한 레이스 형태로 볼륨감이 넘쳐난다. 그녀는 몸의 곡선을 따라 절도 있는 움직임을 선보인다.

잠시도 멈추지 않는 팔 동작과 절도 있는 발의 움직임이다. 민첩한 몸놀림과는 사뭇 다른 여유로운 표정이 서서히 무대를 장악한다. 고된 연습의 흔적들이 낱낱이 드러나는 순간이다. 아르헨티나의 탭댄스가 약간 수동적이라면 스페인의 플라멩코는 박진감이 흘러넘친다. 투우의 나라답게 과감하고 정열적이다. 어느 한 가지도 느리거나 처지는 동작이 없고 시종일관 시선을 사로잡는다. 무대 바로 앞 세 번째 줄에 앉은 나는 긴장으로 무장된 팔의 근육과 그녀의 표정까지 일일이 읽어 나간다.

음악소리는 더욱 빨라지고 주위를 둘러싼 댄서들의 박수소리가 합쳐진다. 기계음처럼 정확한 그녀의 발놀림도 이에 못지않게 초스피드로 움직인다. 어떤 타악기도 따라갈 수 없는 맹렬함이다. 객석의 시선은 단 한순간도 그녀를 놓치지 않고 따라잡는다. 그녀조차 무인지경에 돌입한 듯 치맛자락을 움켜쥔 채 화려한 신들림으로 휩싸인다. 몸을 돌릴 때마다 그녀의 시선은 먹이를 낚아채려는 맹수처럼 날카롭게 객석으로 뻗어나간다. 무섭게 번득이며 블랙홀처럼 빨아들이는 흡인력이 강렬하다. 보는 이조차 숨이 가빠올 지경이다.

어느 한순간 음악이 딱 멈추는가 싶더니, 커튼 뒤쪽에서 한 남자가 걸어 나온다. 그녀의 남편인 호세 세라노다. 이 틈에 그녀는 극도로 끌어올린 긴박감을 한 박자 풀어놓는 듯하다. 곱슬

머리에 단단한 근육질이 한 눈에 느껴지는 두툼한 사내다. 곰의 어깨와 호랑이의 허리를 연상시킨다. 남성적 박력이 넘치는 호세 세라노의 가벼운 춤이 시작된다. 약간 느리지만 육중하다. 서서히 활기를 갖추는가 싶더니 무대 중앙을 휘젓기 시작한다.

이윽고 바닥을 차고 울리는 빠른 발동작으로 변해간다. 들어올린 양 손의 움직임도 이에 못지않게 크고 폭이 넓어진다. 음악소리와 댄서들의 박수소리가 커지고 춤사위에 속도가 붙기 시작한다. 육중해 보이는 몸에서 저토록 강한 탄력이라니! 급격한 흐름으로 호흡이 빨라지고 머리를 흔들 때마다 땀방울이 튀어나간다. 무게와 속도가 한꺼번에 밀려왔다 제 힘에 부대껴 밀려나는 것처럼 완강하고 고집스러워 보인다. 창끝을 고눈 투우사를 단번에 받아 버리려는 황소의 움직임처럼 저돌적이다. 바닥이 흔들릴 만큼 종횡무진 무대 위를 휩쓸다 느닷없이 어둠속으로 사라진다.

이번엔 뒤쪽에 도열해 있던 남녀 혼합 댄서들이 지팡이를 세우고 나타난다. 로봇처럼 일제히 군무에 돌입한다. 기계음처럼 바닥이 울리고 모든 동작이 일률적이다. 많은 사람들이 희미한 조명으로 단지 몸의 윤곽선만 드러낼 뿐인데도 단 한 사람의 움직임처럼 정확하다. 변화무쌍한 동작들이 그림자들의 사방연속무늬처럼 이쪽저쪽으로 오므렸다 펼쳐진다. 단순한 모양의 지팡이들도 기하학적인 형태를 연출한다.

힘찬 군무가 넓게 원형으로 벌어지고 그 사이로 사라 바라스와 남편 호세 세라노가 끼어든다. 마치 처음 만난 사람들의 탐색전같이 두 사람이 서로 엇갈린 동작들을 훑어나간다. 너울대던 춤사위가 조금씩 관심이 고조되어 갈수록 거리는 가까워지고 적극적인 활기 속으로 돌입한다. 사랑이 극에 이른 듯 점점 더 격정적인 흐름을 탄다. 이번에는 남녀 혼합 댄서들이 가세해 무대는 흥분의 도가니처럼 출렁거린다. 그들은 모두 땀에 흠뻑 젖어 있다. 절도 있게 머리를 좌우로 흔들 때마다 머리카락을 타고 흘러내린 땀방울들이 사방으로 튕겨져 나간다. 그것들은 캄캄한 무대 위에서 희미한 조명을 받아 작은 보석들같이 찬란하게 반짝거린다. 인간이 흘리는 땀방울들의 예술이라니! 환희로 넘치는 무대는 일순간 암흑에 잠긴다.

스페인을 대표하는 솔로 춤의 대명사가 플라멩코다. 특별한 플롯 없이 자신의 모든 것을 쏟아 붓기 위해 마련된 그녀의 첫 내한 공연 'Suite Flamenco' 이것은 공연을 바로 앞두고 세월호 침몰사고를 접한 사라 바라스가 희생자들과 실종자, 유가족에 대한 그녀의 헌정 공연이었다. 끊임없는 앵콜 박수에 재등장한 그녀가 본무대보다 더욱 정열적인 춤사위로 오늘의 공연을 마무리한다. 몸치의 대명사격인 나조차 극도의 몰입을 경험한 순간이다.

캄캄한 어둠 속에서 이 열정적인 춤사위들을 보는 동안 가장 시선을 사로잡는 것은 그들의 움직임을 따라 허공으로 흩어 지는 땀방울들의 조화다. 머리카락과 얼굴을 타고 뒤범벅으로 흐르는 땀이 절제되고 격렬한 동작과 함께 무대 위에서 사방으로 뿌려진다. 희미한 몸의 윤곽들 사이로 튕겨져 나가는 땀방울들이 공중에서 서로 부딪다 더욱 잘게 쪼개질 때 조명을 받아 마치 빛나는 유성우처럼 쏟아진다. 프로의 세계에서 '멋'이란 사력을 다하는 데서 빚어지는 결정체라는 것을 말없이 보여 준다. 최상의 감동은 요행이나 거저 얻어지는 것이 아님을 진하게 전달시켜 준다. 무언가를 위해 전력을 기울이는 자리에서 우리는 더할 나위 없이 소중한 아름다움을 얻는다.

도루묵과 간 고등어

택배가 도착했다. 아이스박스 안에 주문진 형님이 보내 준 도루묵과 간 고등어가 그득하다. 도루묵은 내가 좋아하는 생선이다. 내 어릴 적에 할머니가 늘 틀니를 끼고 계셨다. 딱딱한 것을 못 드시니 어머니가 부드러운 음식들 위주로 찬을 준비하셨다. 그중 하나가 날씨가 추워지면 곧잘 나타나는 도루묵 찜이었다.

우선 알이 통통하게 밴 도루묵을 깨끗이 씻어 지느러미를 다 제거해 놓는다. 간장과 고추장을 반반 섞고 고춧가루와 파, 마늘, 생강 약간, 잘게 썬 청양고추와 매실즙 한 숟갈을 넣어 양념장을 만든다. 냄비에 쌀뜨물을 한 종지 부은 다음 감자나 무를 두툼하게 썰어 밑에 깔고 도루묵을 한 켜 놓는다. 그 위에 양념장을 넉넉히 바르고 도루묵을 또 한 켜 놓고 양념장을 다시 바른다. 뚜껑을 닫고 센 불로 한번 끓어오르면 불을 아주 약하게 해서 삼십 분 정도 찜을 한다. 약한 불에 오래 조려야 양념이 푹 배어 깊은 맛을 느낄 수가 있다.

도루묵 찜이 푸짐하게 한 접시 오르면 할머니가 살을 발라 밥숟가락 위에 얌전히 놓아 주곤 했다. 그중에서도 어린 마음에 통통한 알이 입안에서 톡톡 깨지는 맛은 왜 그리 즐겁던지….

살이 부드럽고 연해서 유독 할머니가 즐기던 생선 요리 덕분에 내 입맛도 거기에 길들여졌던 모양이다. 지금도 나는 그때의 기억을 살려 형님이 보내 주시는 도루묵으로 찜을 잘 마련해서 먹는다. 아마도 어릴 때 입맛은 강한 흡수력으로 몸 안 어딘가에 저 나름의 지문을 남기는 게 아닌가 싶다. 그러니 곧잘 음식은 저장된 기억을 소환한다.

도루묵으로 한 차례 입맛을 즐기고 나면 다음 식사 때는 간 고등어 차례다. 주문진 형님이 보내 주는 간 고등어는 여간 싱싱한 게 아니다. 새벽에 주문진항으로 입항하는 선박들에게서 펄떡이는 것들을 사들이고 바로 손질하여 소금을 친 것이니 고소함이 으뜸이다. 시장이나 마트에서 사 들이는 자반과는 다르게 뒷맛이 달고 감칠맛이 돈다. 신선도의 차이가 맛의 차이를 확실히 구분 짓게 만든다. 적절한 소금간과 함께 입안을 감도는 맛이 일품이다. 가끔 싱싱한 조기나 양미리, 대구 같은 생선들도 섞여 있어 그때그때 조리 방법을 달리해 먹는다. 매운탕이나 조림, 구이나 혹은 그대로 찜통에 쪄서 담백한 생선 고유의 맛을 즐기기도 한다. 이런 까닭에 일반 생선종류는 거의 잘 사지 않는 편이다.

활어 못지않은 반찬들로 호강을 누릴 때면 늘 준비한 사람을 생각하게 된다. 매 순간 그가 담았을 마음의 정성이 따스하고 촉촉하게 머릿속을 자극하며 떠오르기 때문이다. 누군가를 위해서 일일이 귀찮은 행동들을 실천에 옮기기란 그리 쉬운 일이 아니다. 또한 성가신 것이어서 생각처럼 단순하지도 않다. 내 스스로 다른 사람을 위해 그러한 것들을 몇 번이나 마련했던가 싶어 가끔은 부끄러워진다.

매사를 그저 돈으로 적당히 해결해 버리고 마는 간편성 뒤에는 많은 절차와 생각들이 생략되어 있다. 정으로 오고가는 것이 아니라 어떤 의무 같은 것으로 단순하게 처리되고 마는 것이어서 가끔은 사람사이의 간격이 툭 멀어짐을 느끼게 된다. 물질만능의 시대에 무언가 인간적인 것이 빠져 버린 아쉬움이 남는다. 작지만 소박함이 묻어 있는 따스함이 우리 곁을 떠나고 있다는 사실은 조금 서글픈 일이기도 하다.

형님이 보내 주신 생선들을 정리하며 그것들이 내 집에 배달된 과정들을 하나하나 머릿속에 그려 본다. 생선을 고르고 소금을 뿌리고 종류별로 봉투에 담아 묶는 모습을 상상한다. 아이스박스를 고르고 테이프를 붙이고 운송장을 작성하고 멀리 부치기 위해 마무리하는 모습까지도 말이다. 그때마다 그분은 우리 가족들을 생각하고 계셨겠지 싶다. 잠시 잠깐이라도 끈으로 묶여 있다는 생각이 밀려든다. 그것들이 우리를 알게 모르게 서로 위로하고 있다는 느낌이 복에 겨운 행복으로 스며든다.

우리는 무엇으로 사는가. 서로를 연결하는 마음의 고리, 그 안에 동심원으로 묶여 흐르는 사랑의 숨결을 느낀다. 작고 소소한 것들이 낳는 평화와 안식, 서로를 향한 눈길이 끊이지 않는 곳에 두터운 마음의 길이 연결되어 있음을 깨닫는다.

오늘 도착한 도루묵과 간 고등어, 이만하면 한동안 반찬 걱정은 덜어도 되겠다. 혀끝에 닿는 맛이 즐거운 것은 그것이 꼭 싱싱해서만은 아니다. 재봉틀이 노루발을 이용해 천과 천 사이를 드르륵 이어 주듯이 사는 동안 혈족으로 맺어진 진한 공동체임을 자각하게 되는 까닭이다. 우리의 몸과 마음을 관통하는 보이지 않는 정신세계, 거기에 질기고 질긴 인연의 뿌리들이 강하게 얽혀 있음은 서로를 살 맛 나는 세상으로 인도해 주기 때문이다. 생각할수록 뿌듯한 감사함이 마음 곳곳에 차오르는 밤이다.

‘잘 산다’는 것의 의미에 대하여

벌써 17년 전 일이다. 아들 녀석이 대학에 입학하고 두어 달쯤 지났을 때의 일이다. 학교에서 돌아와 가족끼리 저녁식사를 하는데, 같은 과에 다니는 일 년차 선배 여학생이 한 끼에 칠만 오천 원짜리 점심을 사 주었다는 것이다. 당연히 두 사람의 점심 값은 십오만 원이었다. 아들이 그런 대접을 받았다니 고맙기는 하였으나 한편 묻지 않을 수 없었다. 알고 보니 그 여학생은 강남에 있는 최고급 아파트에 살고 있는데 인심이 후해서 종종 후배들의 끼니를 해결해 준다는 내용이었다. 아들의 표정을 보니 내심 부러워하는 기색이 드러났다. 한 끼 밥값이 그 정도면 당시 대학 초년생 아들의 일주일치 용돈에 가까우니 그럴 만도 한 일이었다. 우리는 식사를 하는 동안 잘 산다는 것의 의미에 대하여 이런저런 설전을 벌였다.

아파트 한 채에 통상 몇 억 이상은 기본이고 넘쳐 나는 게 명품인 마당에 그 정도 식사야 대수로울 것도 없는 세상이다. 사람들의 의식 속엔 이미 그쯤이야 놀라울 것도 없을 테니까 말이다. 돌이켜 생각해 보니 나는 이 나이가 되도록 아직까지 밖에서 일인분 한 끼에 그만 한 가격의 식사를 해 본 적이 없다. 사십 년이 다 되어 가도록 쉬지 않고 경제활동을 하고 있는데도 말이다. 능력 부족이라고 말하고 싶지는 않다. 그것은 마음만 먹으면 언제든 할 수도 있는 일이기 때문이다. 또 그러한 일들이 부럽다는 생각도 들지 않는다. 다만 요즘 같은 물질만능의 시대에 '잘 산다'는 것의 의미를 되새겨 보고 싶을 뿐이다.

흔히들 좋은 집에 좋은 차, 좋은 의상이나 좋은 음식들, 좋다고 하는 것들의 밑바탕에는 화폐의 가치가 따라다니게 마련이다. 비싼 것일수록 고급에 속하는 것이고 이것들을 다 누리고 사는 삶이야말로 현대인에게는 잘 산다는 것을 나타내는 척도이다. 우리 모두는 이것들을 누리기 위해 수많은 희생도 마다하지 않는다. 이런 모든 좋은 것들이 나타내는 잘 산다는 것의 개념이 '좋은 삶'이라고 표현할 수는 없는 일이 아닐까 싶다.

오래전 일이다. 한번은 김포공항에서 비행기 표를 사려고 줄을 서게 되었다. 급한 일로 지방에 내려가게 되었기 때문이다. 뒤에서 보니 바로 내 앞에서 삼십대 후반쯤 되는 여자가 붉은색 장지갑을 펼치는 순간, 척 보기에도 아마 한 열 서너 장쯤은 되어 보이는 카드들이 양쪽으로 보기 좋게 나란히 꽂혀 있었다. 그중 한 장을 꺼내서 표를 담당하는 직원에게 건네는 모습을 보고는 내 손에 쥐어진 검정색 지갑에 저절로 눈길이 가고 말았다. 교통카드와 포인트 카드, 은행용 카드 두 장 이외에는 지갑에 다른 카드가 없었기 때문이다. 표를 사고 돌아서면서 그 여자의 삶이 갑자기 궁금해졌다.

지금껏 살면서 꼭 필요한 몇 개의 기본 카드 이외에는 별다른 카드를 소유해 본 적이 없다. 요즘처럼 다양한 카드가 대세인 세상에서 누군가가 들으면 답답하게 느껴질지도 모르는 일이다. 변화하는 세상에 발 빠르게 대처하려고 노력한 일이 별로 없는 탓일 수도 있다. 평소 약간의 현금만 소지할 뿐 가지고 다니기에 불편할 정도로 많은 현금을 지니고 다니지도 않는다. 그 날 써야 할 정도의 용돈만 있으면 어지간한 일은 해결이 되기 때문이다. 하지만 이제까지 살면서 이런저런 카드대금 때문에 고민을 해 본 적은 한 번도 없다.

결혼 이전의 직장생활이 결혼 이후에도 쭉 이어져 사십 년이 다 되어 가는 세월이다. 아들을 낳고 두 달 동안 몸조리를 한 것 이외에는 거의 쉬지 않고 일을 한 셈이다. 가끔은 내 자신이 일 중독이 아닌가 생각해 보기도 했지만 스스로의 생활을 책임져야 한다는 것이 평소의 기본적인 개념인 것은 분명하다. 열심히 사는 것에 대한 보답이었는지는 몰라도 주변의 여러 어른들께서도 내게 이런저런 물심양면의 도움과 마음의 보탬을 주셨으니 참으로 고맙기 그지없는 노릇이다. 이것이야말로 삶을 가장 기운차게 살아가도록 만들어 준 생활의 활력소들이었으니 말이다. 작은 고마움들을 하나하나 잊지 않고 나름대로는 그 이상으로 갚으면서 살려고 늘 마음을 기울여 왔다.

아들을 키우면서도 항상 의식적으로 자식의 주머니를 넘치도록 채워 주지 않으려고 노력했다. 자식이 무언가를 요구할 때마다 거기에서 조금은 부족하게 마련해 주었다. 모자람의 의미를 배우며 스스로의 노력으로 부족한 부분을 채워 가는 것이 어떤 의미를 지니는지 깨닫게 하기 위함이었다. 본인 스스로의 능력은 없으면서 무턱대고 누군가 피땀 흘려 이룩한 경제적 가치를 마음껏 유용하는 것을 내심 부러워할 일이 아니다. 또한 그런 일을 내버려 두는 것도 올바른 교육은 아니라고 생각한다. 그것은 자식의 장래를 위해서도 그다지 바람직하지 않다고 믿는 까닭이다.

열심히 생활한 덕분으로 나는 아직까지 남들한테 별다른 피해나 폐를 끼친 일이 없다. 학교를 졸업한 이후 지금까지 어떠한 이유로도 부모 형제들한테 손을 벌려 본 일이 없다. 거기에 더해 굶지 않고 사니 더더욱 다행이다. 많은 사람들에게 밥을 사주었으나 다른 사람들에게 내가 밥을 얻어먹은 기억은 드물다. 명절이나 그 밖의 특별한 경우에 친척들과 작은 선물도 주고받으며 가끔은 내 집에 모여 정답게 식사라도 하고 사니 이만하면 잘 사는 게 아닌가 싶다. 그 이상 어떻게 더 잘 산다는 말인가?

물론 가치 기준을 어디에 두느냐에 따라 개인적인 차이는 있겠지만, 생각해 보면 가장 평범한 것 같아도 이 정도를 유지하는 것만 해도 그리 쉬운 일은 아니다. 따라서 사랑하는 아들이 자신의 삶을 책임지고 살아가는 당당한 생활인의 자세를 배우게 되기를 희망한다. 부의 과시에 치중할 게 아니라 좀 더 인간다운 삶이어야 한다는 것이 나의 소신이다. 허황된 생각으로 남에게 보이기 위해 겉치레를 치장하는 실속 없는 삶이 아니라, 스스로의 능력으로 '좋은 삶'을 이어 가는 것이야말로 인생을 잘 사는 것이라고 말해 주고 싶다.

모루

벌겋게 달궈진 쇠를 모루 위에 올려놓는다. 대장간 한 구석 화덕의 온도는 이미 섭씨 1500도가 넘는다. 대장장이가 육중한 쇠망치를 두 손으로 번쩍 들어 올렸다 내리치는 순간 벌건 쇠뭉치 위로 메질이 쏟아진다. 때리고 눕히고, 때리고 눕히고, 쇠는 화덕 속을 수없이 드나들면서도 메질과 망치질을 벗어나지 못한다. 쇠를 얇게 펴기 위해 두 손으로 내리치는 메질과 모양을 바로 잡기 위해 한 손으로 두드리는 망치질은 엄연히 다르다. 쇠는 많이 두드릴수록 불순물이 더욱 잘 빠져 나온다. 대장간의 온갖 메질과 망치질을 다 받아 내는 모루는 좀체 흔들림이 없다. 그러니 맷집이 좋기로는 단연 모루가 최고다.

사회생활을 오래 하다 보면 종종 스트레스를 심하게 받을 때가 있다. 막상 일 자체에서 받는 스트레스보다 주변을 둘러 싼 사람들에게서 받는 경우가 더 많다. 나와 다른 갖가지 유형의 사람들이 발산하는 제 나름의 특이점들은 퍼붓는 빗방울의 수만큼이나 다양하다. 이를 일컬어 사람살이라고 하는 게 옳을 듯하다. 어느 칼럼니스트의 말대로 '나무는 숲을 이루지만 인간은 결코 숲을 이루지 못하는 족속'이기 때문일까.

힘겨운 사람살이는 자의든 타의든 원치 않는 의사 표시들로 얽혀 있는 경우가 비일비재하다. 표현이나 생각이 제각기 다른 까닭이다. 그 속에서 바이러스처럼 증폭하는 인간의 고약한 심사는 가끔 사람다운 것의 냄새를 흐려 놓기도 한다. 인간성을 상실하고 문제를 일으키는 이들은 대체로 진중하지 못하고 그만큼 가볍게 부유한다. 우리가 생명을 이어 가는 한 수시로 맞부딪히는 일들이다. 삶에 대한 부침과 파고가 계속될 때, 혹은 뛰어넘을 수 있는 힘의 한계를 느낄 때 마음의 고요는 더욱 흔들린다.

반면에 표현하지 못하는 것들은 대부분 조용하다. 그렇다고 그것 나름의 혼돈과 뒤섞임이 없는 것은 아니다. 온 몸이 깨어질듯 고통을 받아 내는 모루에게도 울림과 진동이 뒤따른다. 아무리 시끄러워도 아랑곳하지 않는 매무새, 징벌처럼 얻어맞을 대로 얻어맞고도 묵묵함을 담고 있는 것이 모루 본연의 모습이다. 그 말없음 속에는 끈질김과 묵직함, 도저히 따라가기 힘든 참을성이 녹아 있다.

세상이 온통 시끄러울 때마다 모루의 근성을 생각한다. 투박한 받침대가 이루는 침묵은 타격의 일상을 견딤으로 해서 인간의 삶을 돕는 도구들을 재탄생시킨다. 우리의 내부에도 맞받아칠 수 있는 저력은 깊숙이 숨겨져 있다. 다만 각자 드러냄의 정도가 다를 뿐이다. 여기서 저력이란 마음속에서 일어나는 갖가지 충동과 분노, 들끓음을 녹이고 삭혀서 자기다운 매끄러움을 얼마나 갖출 수 있느냐 없느냐로 구별되기도 한다. 스스로를 잘 다져야만 수많은 사람들의 뒤섞임에도 저항을 줄이기가 쉬워진다. 참지 못한다는 것은 결국 자기통제를 제대로 발휘하지 못하는 데서 기인한다. 절제가 없다는 것은 본인의 어설픔을 손쉽게 드러내는 일일 뿐이다.

파리의 에펠탑처럼 우뚝 솟아 있는 것만이 최상의 것은 아니다. 납작 엎드려 있을지라도 제 몫을 단단히 하는 데에서 이미 솟아오름은 시작된다. 모든 솟구침은 바닥에서부터 시작되기 마련이다. 발판을 딛지 않고서야 어찌 떠오를 수 있단 말인가.

달궈질 대로 달궈진 쇠도 모루 위에서 수백 번씩 두드림을 견뎌야 명품으로 거듭난다. 남을 두드려 상처를 주면서까지 나를 빛내려고 하는 것은 하수나 다름없다. 두드리려면 제 자신을 두드려 명품으로 거듭나는 것이 바람직하다. 그런 노력이나 과정도 없이 명품인 척 스스로 착각에 빠질 경우 보기에 우스꽝스럽고 어차피 외면당하기 쉽다. 쇠도 불순물을 빼내지 않으면 언제까지고 평범한 쇠에 지나지 않는다.

언젠가 대장간 풍경을 엿본 일이 있다. 우연히 동대문 광장시장의 근처 어느 뒷골목을 지나다 마주친 장면 하나가 발걸음을 멈추게 했다. 주인으로 보이는 나이 지긋한 분이 낡은 걸레로 둔탁하게 서 있는 모루를 열심히 닦아 주던 모습이었다. 지칠

대로 지친 모루에 대한 위로였을까. 묵묵하게 서 있던 모루에게서 고단한 세상을 살아가는 데 필요한 버틸 힘을 얻었다고 해야 할까 보다. 말없는 물상들이 던져 주는 침묵은 가끔 텅 빈 머릿속을 세차게 휘저어 놓기도 한다.

때로는 짓눌리고 으깨지는 사람살이의 고단함도 단단하게 여물어 가지 않으면 상처만이 남을 뿐이다. 상처 위에 덮개를 남기지 않으려면 새살이 돋아야만 가능하다. 새살을 밀어 올리는 힘도 건강한 자기관리, 내적인 힘이 받쳐 주지 않으면 곤란하다. 흔들림 없이 굳센 마음자세를 유지하려면 그만큼 바닥을 딛고 서는 법을 먼저 익혀야 한다. 무슨 일이든 그것 나름의 맷집을 올바로 익히지 못하면 사소한 일로부터 무너지는 것은 잠깐이다.

모루를 볼 때마다 우리가 세상을 살아가게 만드는 사람살이의 맷집이란 무엇일까 생각한다. 아무리 험한 세상이라고 해도 인간이 인간답게 느껴지는 것은 서로에 대한 배려와 품을 수 있는 온기가 있을 때이다. 순수한 인간애를 지닌 사람이야말로 사람 사이의 가장 진귀한 명품이 아닐까 싶다. 사람에 대한 가장 큰 위무는 따듯한 인간애가 발산하는 사랑의 힘으로부터 전이되기 때문이다.

세 가지 정물

잠결에 귓가를 울리는 둔중한 소리가 스친다. 비몽사몽 중에도 '이게 무슨 소리지?' 싶어 어렴풋이 눈을 떴다. 몸을 반쯤 일으키고 보니 방안에는 불빛이 환하다. 남편과 어린 아들은 세상 모르고 잠에 취해 있다. 무언가 아래층 계단을 밟고 올라오는 것 같은 이상한 느낌이 든다. 정신을 바짝 차리고 안방 문 쪽으로 고개를 돌렸다. 순간 눈이 화등잔만 하게 커졌다.

육중한 대형 거북이 한 마리가 이제 막 안방 문턱을 넘어서는 것이 아닌가. 온 몸이 목화솜처럼 새하얗다. 그 큰 몸체가 서서히 몸을 움직여 다가오더니 하필 일곱 살 난 아들 녀석 사타구니를 비집고 든다. 한쪽 다리를 제 등에 척 걸치더니 목을 쭉 빼 들고 방안을 살피기 시작한다. 그리운 옛집을 찾아오기라도 한 것처럼 느리고 우아한 동작이다. 천장이며 벽을 살피다 문득 동작을 멈추고 까만 눈으로 내 얼굴을 빤히 들여다보기 시작한다. 눈을 끔벅끔벅하면서 어디로부터 시작된 인연의 고리인지 나를 상세히 읽어 내겠다는 표정이다. 놀란 눈으로 거북이와 한참 눈을 맞추다 퍼뜩 눈을 뜨니 꿈이었다.

캄캄한 방안이다. 참으로 하수상한 꿈이 아닌가. 부엉이 눈처럼 어둠 속을 응시하다 시계를 보니 새벽 네 시 직전이었다. 영화의 한 장면처럼 선명한 꿈자리가 잠을 확 달아나게 만들었다. 그날 오전 남편에게서 기다리던 좋은 소식을 들었다. 그동안 추진해 온 일이 잘 성사되었다는 것이다. 저녁에 꿈 얘기를 실감나게 들려주었더니 대뜸 한마디 했다.

“그래? 아버지가 오셨구나!”

확신에 가득 찬 젊은 남편의 대꾸 또한 놀라웠다. 흰 거북이가 22년 전에 돌아가신 자신의 아버지란다. 나는 뵌 일조차 없으니, 부자지간에는 이승과 저승 사이에도 면면히 흐르는 기류가 있다는 것일까?

그 뒤 어느 날, 남편이 커다란 돌덩이를 차에서 꺼내 간신히 품에 안고 대문을 들어섰다. 소중한 보물이라도 되는 듯 끙끙거리면서 말이다. 정원석 위에 조심스레 풀어 놓은 것은 단단한 쑥돌을 쪼아 만든 큰 거북이였다. 얼마 지나니 첫 번째 보다 조금 작은 것을, 다음엔 두 번째보다 약간 더 작은 거북이를 데려왔다.

나무 그늘 아래 색깔이 똑같은 거북이 삼총사가 다정하게 놓였다. 서로의 등을 바라보며 지그재그 앞을 향해 기어가는 모습이다. 무게가 무게이니 만큼 웬만해선 꿈쩍도 않는다. 제일 큰 놈이 두 마리를 코앞에 세우고 당당하게 뒤에 버티고 있다. 한 편의 꿈 이야기가 그의 가슴 속에서 아버지를 향한 신화로 승화

되어 가는 중일까. 하긴 열일곱에 아비 잃은 남자의 심정을 어찌 짐작하겠는가.

몇 년이 지나 거실 탁자 위에 오동통한 거북이 한 쌍이 보란 듯이 나타났다. 진흙을 정교하게 빚어 부드러운 갈색 염료를 발라 구운 무광택 도자기형이다. 녹색과 밤색을 뒤섞은 등껍질이 마치 햇볕에 퇴색한 것처럼 자연스럽다. 멜론을 반쯤 잘라 엎어 놓은 듯한 크기의 이 거북이들은 어디 모래밭을 헤매다 방금 기어 나온 것처럼 착각을 일으킨다. 굵은 목을 위로 쑥 치켜든 수놈은 앞다리 근육도 짱짱해서 장년에 이른 남편의 모습 같다. 등껍질 아래로 목을 약간 움츠린 암놈은 다소곳한 여인네의 표정이다. 두어 달 지나니 작은 쑥돌로 만든 새끼거북이가 그 사이에 등장했다. 대체 어느 틈에 구해다 놓은 것인지 알 수가 없다. 같은 재질은 아니지만 애초부터 세 마리가 한 식구처럼 잘도 어울린다.

그런데 탁자 위에 놓인 거북이들의 배치가 나를 은근히 주눅 들게 한다. 맨 앞에서 고개를 위로 쳐든 수놈이 늘 암놈과 새끼를 제 발치 앞에 두고 얼굴을 마주 보고 있다. 다분히 수놈의 지배적이고 권위적인 자세다. 내가 곧잘 이리저리 바꿔 놓기도 하는데 무심코 지나다 보면 어느새 삼각형 구도다. 어느 날부터인가 늘 똑같은 자세를 유지하는 게 이상하여 눈여겨보았다. 범인은 남편이었다. 거실을 지나다 거북이의 위치가 조금만 틀리면 영락없이 제자리로 돌려놓았다. 숨길 수 없는 남성적 기질인지, 가족을 지키겠다는 가장의 굳은 의지 표현인지 알 수가 없다.

아들이 미국으로 유학을 떠났을 무렵이었다. 안방 스피커 위에 또 다른 거북이 두 마리가 선을 보였다. 나무를 깎아 만든 이 거북이들은 손바닥보다 자그마한데 목을 쳐든 한 마리가 좀 더 크다. 두 놈 모두 얼굴과 정수리, 뒷덜미와 등껍질은 검은 회색이고 목덜미와 배, 다리 쪽은 부드러운 갈색이다. 나무의 짙은 부분과 옅은 부분을 이용해 절묘하게 조각한 이 거북이들은 그러나 몇 년째 두 마리뿐이다. 아들이 독립해 나간 뒤 삼십 대에 이른 지금까지도 여전히 두 마리다. 그것도 실내용 스피커 위에 제각각 따로 놓여 있다. 마주 보던가 때때로 마주 보지 않던가 하면서.

요즘 들어 정원과 거실 탁자, 안방을 차지하고 있는 이 세 가지 정물들에 가끔 시선이 멈추곤 한다. 특히 안방에 놓인 거북이 두 마리에 눈길이 머물면 종종 쓸쓸함이 밀려든다. 아들이 결혼을 한 것도 아니고 잠시 독립을 했을 뿐인데, 그는 왜 한 마리를 채워 놓지 않는 것일까. 인생의 무게를 얼마쯤 덜어 내고픈 그의 심사를 나타내고 있는 것은 아닐까. 오랜 세월을 건너온 삶의 풍경들이 새삼 내게 말을 걸어오고 있다.

Chapter 만월

2부

Chapter

만월

2부

괜한 그리움

강원도 홍천에서 지인이 농사를 지었다. 지금도 택배조차 들어가지 않는 깊은 오지 마을이었다. 본래 그곳 토박이로 대대로 농사만 짓다가 어느 날 지루한 삶이 따분했던 모양인지 40대 초반에 고향을 박차고 나와 강남의 유명 아파트에서 20년 넘게 경비원으로 일했다. 강원도 사나이답게 그의 투박하고 우직스러움은 어떤 술수나 비리와는 애당초 거리가 먼 것이었다. 사리사욕에도 밝지 못하고 항상 부지런했다. 그저 하루하루 순탄한 사람살이에 생겨나는 일들이 합당한 경우인지 합당치 못한 경우인지를 분별할 뿐이었다. 삿된 마음이 없으니 모든 것이 단순 명료했다.

IMF로 숱한 사람들이 직장을 잃고 헤매었어도 그는 건재했다. 강남 한복판에 자리한 대단위 아파트 경비실에서 몇몇 동료들이 경제적 불황으로 쫓겨났을 때에도 변함없이 제 자리를 지켰다. 자신의 일에 충직하고 정직한 것만이 비결이라면 비결이었다. 그것이 곧 입담 사나운 부녀회 회원들 사이에서도 크게 인심을 얻은 결과였다. 여자에게 잘 보이면 만사가 형통이라는 통념을 그대로 증명한 셈이었다.

수많은 세대가 모여 사는 대단지 아파트는 온갖 잡동사니가 넘치게 버려졌다. 그중에서도 크고 값나가는 도자기 화분들을 모아 공동으로 쓰는 지하실에 잘 보관해 두었다가 때때로 그것을 필요로 하는 사람들에게 나누어 주곤 했다. 자신이 근무하는 경비실 옆에도 대여섯 개의 커다란 화분을 마련해 두고는 상추를 소담스럽게 길러 냈다. 오가는 사람들이 싱싱함에 사로잡혀 감탄을 연발하면 뚝뚝 떼어내 손에 쥐어 주고는 함박웃음을 지었다. 두고 온 땅에 대한 애착을 그렇게라도 풀어내 보는 것이었을까.

어느 날 이 분이 우리 집에 대형 화분 하나를 차에 싣고 나타났다. 두툼한 청색 도자기에 손바닥만 한 포도나무 이파리들이 빙 둘러 15개나 조각이 새겨진 것으로 참 육중하기도 했다. 장정 하나가 젖 먹던 힘까지 쏙 빼야 겨우 들어 올릴 수 있을까 싶었다. 값싸고 얄팍한 중국산 화분과는 달리 한 눈에 보아도 심혈을 기울여 만든 게 역력했다. 누구한테 줄까 생각하다 암만해도 우리 집이 적격일 것 같아서 무작정 가져왔다며 씩 웃더니만 서둘러 가 버렸다.

그를 알게 된 것이 30년 가까운 세월이다. 내 나이보다 스물셋이나 더 연상으로 백발이 성성한 뒷모습을 보니 부모가 자식 챙기듯 생각해 주는 그 마음과 수고가 왠지 고맙기만 했다. 갑갑한 오지에 달랑 묻혀 있을 때는 번잡함이 아쉬워 서울로 입성해 살더니 오랜 세월 도시인들 사이에서 부대껴도 제 본성을 잃는 법이 없는 순박함은 그대로 살아 있었다. 뜬금없이 생겨난이 대형 화분을 두고 대체 어디다 쓸까 고민했다.

하루는 시들해서 별반 생기 없어 보이는 관음죽을 거기에 옮겨 심었다. 몇 해를 묵은 중품 크기라도 여러 화분 사이에서 자리다툼 때문인지 있는 둥 마는 둥 그리 실한 편은 못 되었다. 어디에 둘까 재 보다 이층 오르는 현관 계단 위에 자리를 잡아 주었다. 하루 종일 볕이 드는 양지바른 곳이었다. 말 못 하는 식물도 제게 쏟는 관심 정도는 쉬 알아차렸다. 다음 해 봄이 되자 쑥쑥 자라났다. 새 줄기들이 고대했다는 듯 솟아올라 화분 둘레를 싱싱함으로 꽉 채워 나갔다. 5월 중순쯤 되니 푸르고 싱싱한 이파리들 사이에서 커다란 꽃송이가 피어올랐다. 수수 알을 매단 것 같은 소박한 모양새였다. 보는 사람들마다 관음죽에 꽃이 피면 집안에 행운이 든다고 듣기 좋은 소리들을 했다.

세월 이기는 장사 없다고 그 뒤 지인도 정년퇴직을 했다. 두어 해 자잘한 소일거리로 지내더니 이른 봄, 드디어 고향 찾아 강원도 오지로 되돌아갔다. 이십 년 넘게 흙과 떨어져 산 세월, 그 원을 풀기라도 하려는지 날마다 묵정밭과 씨름하느라 여름내 땀을 말가웃은 흘렸다고 했다.

김장철이 되자 무와 배추를 차로 한 가득 싣고 와 우리 집 마당에 풀어놓았다. 사람에게는 천직이 따로 있다는 것을 그때 실감했다. 무 하나가 천하장사 이만기 씨 다리통만이요, 배추 한 통이 개그맨 이영자 씨 얼굴보다 두 배는 실했다. 노지 채소의

탄탄함을 유감없이 보여 주었다. 대파 한 줄기가 동아줄 굵기 정도여서 한 관 묶음이 너끈한 것을 들고 옮기자니 비실한 걸음이 비척거릴 지경이었다. 내 오래전 산달을 잊지 않고 몸보신하라고 보낸 늙은 호박이 지리산 반달곰 엉덩짝만 해서 두 눈을 동그랗게 뜨고 볼 때마다 감탄사를 연발했다. 소 한 마리를 시작으로 몇 해 지나니 열 마리로 불려 놓았다. 그 일로 TV프로에 일주일간 다큐멘터리 주인공으로 등장하게 되었으니 잊지 말고 꼭 시청하라는 전화가 왔다.

그토록 실한 세상을 잘도 일구어 놓더니 낙향한 지 10년 만에 위암으로 그렁저렁 고생하다 세상을 떠났다. 산지로 향하는 강원도 오지마을 입구에는 흰 눈이 수북이 쌓여 세상이 참으로 편안해 보였다. 다행히 날은 춥지 않았다. 그가 아끼던 밭의 상단을 파헤친 구덩이는 보슬보슬한 황토가 붉은빛이 선연했다. 하관이 진행되자 빙 둘러섰던 자식들과 친인척 사이에서 "아버지 잘못했어요, 제가 정말 잘못했어요." 목 놓아 통곡하던 철부지 막내아들의 목청만이 적막한 오지의 산자락을 뚫고 메아리쳤다.

가을빛 선연한 날에 시름없이 앉아 관음죽 담긴 화분의 문양을 찬찬히 들여다보고 있자니 괜한 그리움이 불쑥 솟구친다. 인간에 대한 그리움은 그가 지닌 명성이나 자리에 있는 것은 아니다. 평소 그가 보여 주었던 소소한 마음 씀씀이 하나하나가 어느 날 문득 마음 한 자락을 움켜쥐게 만드는 것은 아닐까 싶다.

살피꽃밭

봄 햇살이 싱그러운 오후다. 나뭇잎들은 나날이 푸르러 가고 활동하기엔 안성맞춤인 날씨다. 동네 여러 골목길 가운데 한 곳인 연립주택 가장귀에 조그만 살피꽃밭 하나가 있다. 주차장 한쪽 담 밑에 벽돌을 길게 쌓아놓고 누군가 꽃과 채소를 기르곤 한다. 벌써 여러 해째 처음엔 야트막하던 흙의 두께가 전보다 제법 높아졌다. 좁은 면적을 다 합친다고 해 봐야 한 평이나 될까 싶다.

어느 날 지나다 보니 가장자리에 철망을 치고 그 위에 모기장을 덮은 다음 몇 군데 끈으로 단단히 고정해 놓았다. 뭘까 하는 궁금증에 허리를 숙여 바짝 들여다보니 마늘 풋대가 팔뚝 길이나 될까 싶게 쑥쑥 자란 모양새다. 싱싱하게 뻗친 잎사귀가 시선을 붙잡는다. 줄을 맞추어 질서정연하게 돋아난 솜씨가 나도 한 때는 농사 꽤나 지었다네 하고 누군가 숨은 실력을 은근히 드러내고 있다. 틈틈이 뿌려진 거무튀튀한 부엽토가 부지런한 손길을 알린다. 머지않아 수확의 기쁨을 맛보게 될 것 같아 왠지 눈과 마음이 흐뭇해진다. 방금 물을 뿌린 흔적이 뚜렷해서 흙냄새가 코끝으로 번져 온다. 땅에 대한 갈증과 시골 냄새를 그리워하는 도시인의 향수가 느껴진다.

주차장 기둥 저편에서 인기척이 느껴진다. 80대 초반쯤으로 보이는 둥실둥실한 아주머니 한 분이 물뿌리개를 들고 나타난다. 인사치레 삼아 마늘이 참 싱싱하게 잘 자라고 있네요라고 한마디 건넸다. 그럼요. 여기 말고 옥상에도 마늘 심은 게 또 있어요. 두 접이나 심었거든요. 반 자랑에 자신감까지 얹은 말투가 두어 자 사이를 두고 힘차게 건너온다. 이팝나무 꽃다발 같은 머리채 사이로 햇살이 부서진다. 살피꽃밭의 주인을 만나기는 오늘이 처음이다. 보란 듯이 물을 휘휘 뿌리며 지나다가 기둥 끝에 물뿌리개를 놓고 뒷짐을 진 채 느긋하게 되돌아와 길가로 내려선다. 아주머니, 학교 다니실 때 공부 참 잘 하셨나 봐요. 마늘을 이렇게 잘 기르시는 걸 보니. 그러자 오호, 이 양반 거동 좀 보소.

갑자기 두 손을 앞으로 마주 잡더니 고개를 외로 꼬고 휙 돌아서서는 몸을 비비 틀며 웃느라 어쩔 줄 모른다. 잠깐 사이 돌변하는 모습이 어찌나 우습던지 아주머니 등 뒤에서 어깨까지 들썩이며 웃음이 폭발한다. 아주머니는 그때야 겨우 등을 돌려 세운다. 몸을 반으로 접다시피 해서 새빨개진 얼굴을 두 손으로 가린 채 눈만 내놓고 아유, 참! 별 소리 다 하신다. 공부는 무슨 공부!라며 맞장구다. 아, 정말이에요. 공부를 잘했으니까 이렇게 농사를 잘 지으시지, 아무나 그렇게 할 수 있나요. 이번에는 허리까지 뒤로 제치며 박장대소다. 불시에 유쾌함이 넘쳐난다. 잠시 함께 웃다가 슬며시 발길을 돌린다.

골목을 벗어났어도 연신 웃음이 터진다. 아이고, 그 아주머니도 참. 공부 잘했다 소리 처음 들었나 봐. 어쩜 그렇게 몸을 비비 꼬고 얼굴이 붉어지나. 하하하. 하긴 저 나이에 공부 잘했다 소리 들어 봤겠나. 그러니 그렇지. 공부 좀 못 했으면 또 어때. 농사만 잘 지으면 됐지. 아무려나 나이가 들 만치 든 아주머니의 그토록 붉게 상기된 얼굴이라니! 참으로 귀한 모습이다.

대체 부끄러움이란 무엇일까. 자신의 부족한 부분이나 감추고 싶은 부분이 갑자기 밖으로 드러났을 때 느끼는 순간적인 당황스러움이다. 무방비 상태에서 본인의 약점이 상대에게 노출된 것에 대한 두려움이다. 살아오는 동안 쌓이게 된 경험과 감정이 무너졌을 때 나타나는 자기 방어적 충돌 현상이다. 제 나름대로 세워 놓은 어떤 틀과 규약을 벗어났을 때 생기는 일종의 심리적 압박감인 셈이다.

남녀를 불문하고 나이가 들면 대체로 웬만한 일에는 부끄러움을 잘 타지 않게 되는 것이 일반적이다. 이런저런 세상살이에 치이다 보니 그게 뭐 별건가 싶어 무디어져 가기 때문이다. 감정이 두꺼워지는 탓인지 조금은 뻔뻔스러워지기조차 한다. 종종 물색없는 뻔뻔함이 되바라진 느낌마저 줄 때면 민망함이 스친다. 도리어 지켜보는 이쪽의 마음속에 알 수 없는 경종이 울려 퍼진다. 나이 들어가면서 최소한 저 정도는 되지 말아야지 하고 말이다.

인간이 지닌 가장 기본적인 도덕 감정을 가리키는 맹자의 사단지심 중 하나는 수오지심이다. 이는 옳지 못함을 부끄러워하고 착하지 못함을 미워하는 마음이다. 인간은 본래 선한 존재라는 성선설을 바탕으로 하고 있다. 부끄러움을 안다는 것은 자기의 마음속에 숨겨진 선한 마음이 있음으로 해서 밖으로 흘러나오게 되는 셈이다. 결국 닳고 닳은 세상사에 적어도 약간은 비껴나 있다는 반증이 아닐까. 가슴 속에 제 나름의 순수성을 얼마간은 지니고 있다는 의미임에 틀림없어 보인다.

농사를 잘 짓는 것과 공부를 잘하는 것이 무슨 상관이란 말인가. 농사 이치야 심으면 나고 정성을 들이면 배가 된다는 것을 몸으로 터득한 노인이 아닌가. 어쩌다 튀어나온 농담, 그 엉뚱한 조합이 뜻밖인지라 순진한 노인의 웃음보를 건드렸을 뿐이다. 두루뭉술한 팔십 노인의 때 묻지 않은 뒤태가 잠깐의 즐거움을 선사해 준다. 허리까지 반나마 접어 붉은 웃음 터트리던 살피꽃밭의 주인. 나이가 들어서도 그토록 부끄러움을 안다는 것이 오히려 나에게 신선한 아름다움을 안겨 준다.

개시(開市)

파란불이 켜졌다. 횡단보도를 건너 왼쪽으로 길을 잡는다. 열 걸음쯤 내딛었을 때 도로 위에서 싱싱한 바구니들이 눈길을 붙잡는다. 깐 마늘과 밑동이 뭉툭 잘린 상추 몇 송이가 소담스럽게 담겨 있다. 길바닥에 널린 어느 아주머니의 조그만 좌판이다. 이미 채비를 다 마친 상태다. 보기만 해도 쌉싸레한 맛이 입 안을 맴돌 것 같은 상추를 한 바구니 청했다. 아주머니는 천 원짜리 두 장을 받자마자 정수리에 대고 쓱쓱 문지르더니 불쑥 엄지 척을 내밀며 한 마디 내지른다.

"개시!"

빗방울 걷힌 화창한 날씨는 사라진 두통처럼 시원하다. 폭우로 운수 사납던 어제의 고시랑거림도 하룻밤 사이에 꺾였다. 무지근하던 관절에도 탄력이 붙는다. 장작더미 무너지듯 와르르거리는 소리와 무언가 부딪는 자잘한 소음들이 스쳐 간다. 서로를 부르는 크고 작은 음들이 오뉴월 밭고랑처럼 출렁인다. 지금부터 내보여야 하는 것들은 싱싱함과 정갈함이 우선이다. 상인들은 새로 배달된 물건들을 매의 눈으로 훑으며 점검해 나간다.

시장이 깨어나고 있다.

부산한 아침 장거리를 지나며 새삼 '시작'의 의미를 떠올린다. 내 삶의 진정한 시작은 언제였던가 하고 말이다. 십 대 후반, 탄탄하던 집안의 사업이 무너졌을 때였다. 한동안 아버지는 꽤나 힘드셨던 모양이었다. 술이 거나해진 어느 날 자식들을 불러 놓고 한 말씀 했다. "너희들 어머니는 말이다. 온 가족이 굶어 죽어도 어디 가서 쌀 한 톨 구해 올 줄 모르는 위인이다." 현모양처가 꿈이었던 내게 그건 느닷없는 충격이었다. 어머니의 내성적이고 심약한 면이 유감없이 드러나는 순간이었다.

열여덟에 시집와 종갓집 맏며느리가 된 죄로 층층시하 대가족 뒷바라지에 평생을 바친 어머니의 노고가 한 순간에 폄하되고 있었다. 유달리 연약한 몸에도 불구하고 오직 희생만을 강요받은 어머니의 삶이었다. 금전으로 치환되지 않는 가정 내의 노동은 그것이 어떠한 것이든 단 한 푼의 가치도 못 된다는 것을 실감했다. 환치되지 않는 슬픔이 밀려들었다. 그것이 내가 인생의 밑바탕에 대해 최초로 눈을 뜬 개시(開視)였다. 온실 속 화초로는 살아 내기가 힘든 것이 세상이었다.

그때 이후로 나는 직업을 선택했다. 전문가의 반열에 오르기 위해 내 스스로를 일중독자로 몰아세웠다. 바람이 불던 날의 희뿌연 기억과 빗방울이 흐르던 때의 착잡함, 눈발 흩날리는 오후의 풍경들이 시야 속으로 중첩될 때의 스산함을 안고 새벽 서너

시의 깊디깊은 적막감들에 쌓여 홀로 깨어 있곤 했다. 쓸쓸한 날들이 문밖에서 손짓하고 쉬 동트지 않을 것 같은 밤들에 에워싸여 스스로를 삭여 내던 시간들이었다. 남 몰래 뒤척이던 부대낌과 쉽사리 펼쳐지지 않는 것들에 대한 막연한 불안감이 속을 태웠다. 그것들과의 한바탕 어우러짐이 있고서야 밀려드는 성취감으로 스스로를 풀어 놓곤 했다.

날마다 얇디얇은 철판으로 몸의 부피를 쌓아 올리고 있다는 느낌이 든다. 긴장이라는 단어가 신체의 일부가 되었다고 해도 과언이 아니다. 그 날카로운 속성의 끈을 한순간 잘라 버리고 싶을 때도 많지만 그때마다 아버지의 말을 곱새기곤 한다. 쓰디쓴 약처럼 나를 의지의 인간으로 만들어 주었던 그 한 마디는 일순간 정신의 지평을 긋고 스쳐간 천금 같은 약방문이 되어 오래도록 스스로를 굳건하게 단련시켜 주었다. 뚝심으로 치자면 직업적인 면에서 한 세월 제 구실을 톡톡히 하도록 밑돌 구실을 했으니 말이다.

인생의 무게가 어디까지인지 가늠해 보고자 그토록 애쓰던 날들이 주마등처럼 살아난다. 스스로를 깎아 기둥 하나를 세우고자 벼리던 날들의 고단함 속에 오늘의 내가 서 있음은 천만다행이다. 하고 많은 세월들을 어찌 지났는지 내 몸을 밟고 지나는 햇살이 지금 눈부시다.

까무잡잡한 아주머니의 그 짤막한 목소리에 정신이 번쩍 든다. 느슨함을 조이는 단호한 구령처럼 산뜻하다. 울림과 동시에 섬광이 지나듯 머릿속에 알 수 없는 불꽃이 튄다. 검버섯이 꽃수를 놓듯 햇볕에 검게 그을린 얼굴이다. 한 순간에 삶의 내력이 대강 읽히는 후줄근한 모습이지만 오늘도 거침없이 아침을 열고 있다. 지나온 삶의 여로가 지문처럼 배인 표정 위로 '시작'을 알리는 자잘한 잇속이 환하게 물결친다. 마주보는 이까지 절로 얼굴무늬수막새가 되어 버린다. 아직도 나에게는 매순간이 개시(開市)다.

달랑무

저녁 식사 뒤 산책 마치고 돌아오니 대문 앞에 커다란 택배박스가 문을 가로막고 있다. 아무런 연락도 받지 못했는데 대체 저게 뭘까 싶다. 슬쩍 밀어 보지만 꼼짝도 하지 않는다. 겨우 마당에 들여 놓고 불을 밝히니 울진 형님이 보내 온 물건이다. 무게가 만만찮으니 고구마인가 싶다. 테이프를 자르고 뚜껑을 여니 야, 탐스러운 무가 한 가득이다. 서둘러 형님께 전화를 건다.

야야, 느그들은 오늘 뭔 일이 있나. 전화를 아무리 해도 안 받는다고 택배기사한테 연락이 안 왔나. 집 전화만 적어 놨더니 기사가 답답해서 여까지 전화했드라. 우짜믄 좋냐고. 걱정 말고 문 앞에 그냥 놓고 가라캤다. 니하고 느그 신랑하고 아까지 다들 전화를 안 받으니 우찌된 일이고. 저녁 내내 온 식구가 캄캄하잖나.

산책 간 사이 집전화가 꽤나 울어 댄 모양이다. 동네 한 바퀴 순례하고 금방 오려니 하고 다들 손 전화를 안 가져 간 게 탈이다. 그러잖아도 바쁜 택배기사님이 화가 났으려니 미안해진다. 부지런히 무를 씻고 어린애들 주먹 크기로 큼직큼직 썰어 절여 놓았다. 다음날 토요일 아침 일찍 깍두기를 담았다. 한 주일 지나 금요일 오후에 형님한테 또 전화가 왔다.

야야. 달랑무 한 박스 보냈다. 내일 도착하니 잘 받그래이. 달랑무요. 달랑무가 뭔데요, 형님. 야 참. 니는 안즉 달랑무도 모르나. 여그 울진은 서울처럼 총각무로 김치 안 담근데이. 무 있잖나, 무. 일반 무씨를 일부러 늦게 심어서 작게 키워 갖고 그걸로 김치한데이. 연하고 부드러운 게 시원~하잖나. 잘 익혀서 먹그래이. 아, 예. 힘 드는데 뭘 자꾸 보내세요, 형님. 감사하게 잘 먹을게요. 알았다.

다음날 토요일 내내 아무리 기다려도 택배가 오지 않는다. 오후 5시가 다 되어 무료해진 남편이 뒷산으로 잠깐 산책이나 갔다 오자고 한다. 지난번처럼 늦은 밤에나 오려니 싶어 따라나섰다. 집에서 십여 분 걸어가면 가까운 야산이 있으니 가끔 기분전환을 하기엔 안성맞춤이다. 이제 막 오솔길로 접어들었을 때다.

야야, 어데고. 느그들 또 없나. 아, 형님. 그이가 바람 쐬이자고 해서 금방 뒷산에 도착했는데요. 방금 나왔어요. 한 바퀴만 돌고 가려고. 아이고, 야들이 참말로. 택배기사가 집 전화 안 받는다고 지금 달랑무를 문 앞에 놓고 간단다. 금방 전화 왔데이. 책임 안 져도 되니 그래라캤다. 예, 알았어요. 지금 가볼게요.

대문 앞에 택배 박스가 문을 막고 있다. 지난번 박스보다 더 크다. 겨우 문턱을 넘기고 마당으로 들여 놓았다. 테이프를 뜯으니 우와, 어른 주먹만 한 무들이 초록 잎을 달고 빼곡하게 들어차 있다. 거친 이파리들을 다 떼어 내고 부드러운 속잎만 몇 장씩 달고 있다. 형님께 전화를 걸었다.

야야, 니가 봐도 이쁘제. 그러게요, 형님. 무가 너무 예뻐서 어떻게 먹는대요. 크기가 딱 어른 주먹만 한 게, 이런 무는 어디 가서 사고 싶어도 살 수가 없어요. 보기만 해도 맛있어 보여요. 하모, 니 손 많이 갈까 봐 내가 다 다듬었데이. 하룻밤 절였다가 갖은 양념해서 먹어 보래이. 잘 삭혀서 먹으면 겁나게 맛있잖나. 예. 감사해요, 형님. 달랑무 김치 잘 해 먹을게요. 알았데이.

벌써 11월 말경이니 해가 일찍 진다. 서둘러 씻은 다음 굵은 소금을 뿌리고 저녁에 서너 번 뒤집어 두었다. 일요일 아침부터 분주하게 돌아간다. 마당 수돗가에서 달랑무를 시원하게 씻어 채반에 받쳐 두었다. 찹쌀풀을 쑤고 마늘, 생강에 양파, 쪽파, 매실원액, 새우젓, 멸치젓, 꽁치젓, 청각까지 등장해서 고춧가루에 먹음직하게 버무려 담는다. 냉장고용 김치 통에 네 개나 가득 채우고 남아 양동이 한 가득 담고 창고로 옮겼다. 무를 자르지도 않고 통째로 버무렸으니 익으려면 좀 기다려야 할 게다. 며칠 푹 익으면 김치냉장고로 직행이다. 며칠 사이 깍두기, 달랑무 겨울 반찬이 풍년이다.

잠깐 허리 펴고 누우니 흐뭇해진다. 형님이 밭에 나가 아주버

님과 채소들을 뽑고 거두고 다듬고 차에 싣는 모습이 떠오른다. 집에 가서 박스를 찾고 그것들을 담아 택배로 부치는 장면들까지 눈앞에 펼쳐진다. 시어머님이 평생을 드나들던 밭이 이제는 형님 내외가 주인이 되었다. 시어머님 생전에 아들 내외가 바다일에 바빠 밭일을 안 도와준다고 성화더니 자연스레 밭주인이 바뀌었다. 때가 되니 이제는 시어머님보다 몇 배는 더 실하게 밭일을 운영한다. 자신보다 농사일을 더 잘하는 자식들을 두고 시어머님은 투정만 부리셨나보다. 아마도 보신다면 흥에 겨울 일이다. 평소 애지중지하던 그 밭에 이제는 갖가지 채소가 넘쳐나고 있잖은가.

*이 글은 울진 사투리가 소리 나는 대로 작성되었음.

눈 내리는 밤

오후 들어 눈발이 날리더니 한 차례 시원하게 내린다. 길거리를 바삐 걷다가 순한 짐승처럼 마음이 푸근해진다. 도심 한 복판이라는 것이 다소 아쉽긴 해도 그만하면 겨울 맛은 제법 본 셈이다. 도로 상황이야 불편하긴 해도 삭막한 마음이 단비에 젖은 풀잎마냥 부드럽게 누그러진다.

눈이 내려도 주택가 골목길에 사람은 그리 보이지 않는다. 어쩌다 한 둘이 지나갈 뿐이다. 쌓인 눈을 감상할 겨를도 없이 집에 도착해 대문 밖에 염화칼슘을 뿌리기 바쁘다. 비대면이 일상인 세상에 바삐 지나는 오토바이며 차량들이 안전하게 통행하기를 바라는 마음만 가득하다. 그것도 세상을 위한 마음의 기부라고 해야 할까. 조금만 품을 들이면 누군가를 이롭게 하는 것이니 그다지 힘든 일은 아니다.

층층 계단을 올라 처마 밑에 서서 정원을 내려다본다. 텃밭이며 나무, 장독대, 화분 위에 그득하게 내려앉은 흰 눈이 긴장의 끈을 풀어놓게 만든다. 날마다 보는 풍경이 색다른 기분을 불러들인다. 평화롭고 이완된 충족감으로 심호흡을 해본다. 자연의 또 다른 모습이 내게 일단 멈춤의 손을 내밀고 있다. 한동안 새

하얗게 내리던 눈이 언제 그랬냐 싶게 뚝 그친다. 모든 일에는 시작과 끝이 있다.

어둠이 깔린 대형 병원 응급실 앞에 구급차가 도착하고 누군가 차에서 내린다. 파란 가운에 파란 마스크를 착용한 의사다. 급히 내게 다가와 몇 가지 질문을 던진다. 곧장 응급실 문이 열리고 나를 부르는 손짓에 허둥지둥 쫓아 들어간다. 들것에서 침대로 옮겨진 환자는 완전 의식불명 상태다. 영하를 오르내리는 날씨건만 달랑 아래쪽 속옷 하나뿐이다. 온통 발가벗겨진 채 몸의 일부만 담요로 덮여 있다. 의사와 간호사, 조무사 등등 열댓 명의 사람들이 일시에 환자를 에워싸고 응급 처치를 시작한다. 모든 것이 숨 가쁘게 일사천리로 진행된다. 산소호흡기가 등장하고 화면에는 불이 켜진다. 링거가 꽂히고 각종 기구들이 수없이 매달린다.

휴일 아침 아홉 시경 강원도 홍천에서 교회를 가던 80대 중반의 아주머니 하나가 길에서 쓰러졌다. 홍천 세브란스에서 여러 검사 끝에 급히 서울로 이송하라는 지시가 내려졌다. 폭설로 인해 몇 시간이 지나서야 도착한 구급차가 산소통 네 개에 경고등을 울리며 강남 세브란스에 도착한 것이 저녁 여섯시가 막 지나서였다. 대동맥 파열이니 당장 수술을 해야 합니다. 살아날 가망은 20%밖에 안 되니 각오를 하셔야 될 것 같네요. 여덟 시간에서 열 시간 가량 걸리니 즉시 수술실로 직행해야 됩니다. 초록색 가운을 입은 의사가 서류를 뒤적이며 혼잣말 하듯 중얼거린다.

그때 책상머리 너머에서 누군가 우리를 부른다. 수술 도중 사망할 시에는 의사의 책임 없음에 사인을 해 달라고 서류를 내민다. 각자 반대편에 서있던 남편과 나는 동시에 얼굴을 마주 본다. 그의 경직된 얼굴에 당황한 기색이 스친다. 사람의 목숨을 다루는 일에 아무나 쉽사리 사인을 할 수는 없는 일이 아닌가. 다리를 후들거리며 한쪽 구석에서 모든 상황을 지켜보던 나는 그 소리에 정신이 바짝 들어 앞으로 다가서서 손을 내젓는다. 우리는 직계 가족이 아니니 절대 거기에 서명할 수 없습니다. 한 순간 모두의 시선이 우리를 향해 쏠린다. 그럼 대체 이 사람들은 뭔가 싶은 표정이다. 이 분의 친아들이 홍천에서 바로 뒤따라오고 있으니 도착하면 사인을 받으세요. 우리는 그저 오래 알고 지내는 이웃일 뿐입니다. 그들은 아주머니의 친아들과 직접 전화 통화를 시도한 끝에 허락을 받아 의사가 사인을 대신했다. 우리는 수술실 앞 복도에서 대기 중이다.

나는 몇 가지 중요한 일로 두어 달 가량 온 신경을 집중하다 막바지에 이르러 하루 앞두고 벌어진 일이다. 그동안 몹시 예민해져 잠시 휴식이나 취할 겸 기분 전환이나 하려고 오후에 동네 인근을 산책하던 도중 뜻밖의 연락을 받은 것이다. 그중 한 가지 일은 다음날 오후까지 모두 마무리를 해야 하는 상황인데 난감하기만 하다. 산책 도중이었으니 우리는 바로 택시를 타고 병원 응급실로 달려왔다. 쓰러진 아주머니는 다름 아닌 남편과 나를 부부로 이어 준 중매쟁이다. 오랜 이웃으로 내왕을 하다가 십여 년 전 홍천의 전원주택으로 옮겨 갔다.

이곳저곳 불이 꺼지고 아무런 기척도 없는 대형 병원의 복도는 고적해서 어쩐지 음산한 기운마저 감돈다. 코로나가 극성이니 출입이 엄격해서 중환자를 다루는 병원 내부에서 사람을 보는 일도 드물다. 수술은 한창 진행 중이다. 수술실 앞은 쥐 죽은 듯 고요하고 돌발 사고에 마치 멍 때리기라도 하는 것처럼 정신이 아득하다. 벌써 저녁 여덟시가 되어 가고 있다. 조금 있으려니 아주머니의 아들이 도착했다. 홍천에서부터 얼마나 울고 왔는지 눈언저리가 붉게 물들어 있다. 팔순 모친을 두고 삶과 죽음의 경계를 마주한 그를 보자 침착했던 마음이 몹시 흔들린다. 내 눈에서도 눈물이 흐르기 시작한다. 점점 더 눈물이 번져 간다. 알 수 없이 터져 나오는 이 흐느낌은 대체 무엇이란 말인가.

밤늦게 집에 돌아와서 내내 잠을 이룰 수가 없다. 아직도 진행 중인 수술실 장면만이 머릿속을 맴돈다. 중매쟁이로 만나 시작된 집안 교류가 벌써 수십 년이 가까워진다. 좋은 일이든 나쁜 일이든 서로에 대해 온갖 집안일을 다 알고 지내는 사이가 되었으니 사람의 인연이란 얼마나 깊고 푸른 것인가. 지난 기억들이 생생하게 다가든다. 시작은 중매쟁이였으나 두 집안 사이에는 한 세대를 넘나드는 시간이 존재하고 있다. 아주머니를 처음 만났을 때는 오십이 가까운 나이로 뒤늦게 태어난 늦둥이 아들은 그때 겨우 네 살이었다. 그가 벌써 처자식을 셋이나 거느린 아빠가 되어 있다.

다음날 아침 수술이 끝났다는 소식은 들었으나 여전히 의식불명이란다. 일이 손에 잡히지 않으니 하루 종일 진척이 안 된다. 머릿속이 어수선해서 도무지 마무리가 안 되기 때문이다. 저녁 늦은 시간이 되어서야 겨우 일을 마쳤다. 나흘이 지나고 미세한 의식의 흐름이 잡힌다는 전갈이다. 중환자라 면회 불허다. 집중치료실을 거쳐 십육일 만에야 겨우 정신이 들었단다.

전화기가 울린다. 들릴 듯 말 듯 희미한 통화가 성사되었다. 화면이 켜지고 백발노인이 손을 흔든다. 고마워. 고마워. 연신 고맙다는 말뿐이다. 일어서서 몇 발자국 걷는 모습까지 보여 준다. 이 얼마나 다행인가. 활기찬 아들의 목소리도 전화기 속에서 함께 울려 퍼진다. 대동맥 파열 사고가 일어난 지 십팔일 만에 중매쟁이 아주머니와 그 아들이 함께 행복한 모습이다. 참으로 다행이다.

밤 열두 시가 다 되어 현관문을 열고 정원으로 나간다. 밤하늘에서 눈이 펑펑 쏟아지고 있다. 온통 눈으로 뒤덮인 세상이 고요 그 자체다. 한 생명이 살아 있다는 것, 나를 둘러싼 깊은 인연 하나가 마지막 끈을 놓지 않았다는 사실이 흡족한 밤이다. 성탄절이 머지않았으니 내게 내려진 축복인지도 모른다. 끝이 아름다우니 더 이상 무엇을 바라겠는가. 미우나 고우나 내 곁에 어른이 남아 있다는 것 자체가 반가운 일이다. 그들 가족에게 축복을 비는 밤이다. 사랑은 느닷없는 일로 인해 새로 발견되기도 하는 모양이다. 이 사실이 가슴 벅차게 눈물겨운 일이다. 눈 내리는 밤, 오랜만에 평화로운 기운이 몸 속 깊이 찾아든다. 가슴속이 따듯해진다.

택견, 바람을 가르다

장충단 공원을 지나 남산 자락 아래를 거닌다. 조금 있으면 대보름날 행사로 달집태우기가 시작될 참이다. 해가 서서히 기우는데 한쪽에서 택견을 구경하려는 사람들이 장사진을 이루고 있다. 빠르고 힘찬 발동작이 압권인 택견은 우리나라 전통 무술로 개개인의 사제 관계로 전승되어 왔다. 1983년 중요 무형문화재 제76호로 지정되었다. 무술로서는 처음으로 한국의 무형문화재로 등재되었다. 2011년 11월 28일 제6차 유네스코 무형유산위원회에서도 무술로서는 최초로 인류무형문화유산에 등재되어 택견인들의 긍지가 드높다.

민첩하고 화려한 발기술이 특징인 택견은 내가 좋아하는 민속 스포츠다. 드디어 나이 든 중년 남자와 이십대 중반쯤의 젊은이가 앞으로 썩 나선다. 그들의 이름을 알 수 없으니 일명 방랑거사와 장판돌이라 치자. 두 사람이 대련하는 모습을 보면서 머릿속으로는 한 편의 무협소설을 상상하며 재빠르게 써 나가는 중이다.

달빛 아래 부드러운 춤사위가 펼쳐진다. 방랑거사가 한 잔 술에 몸 풀리듯 자연스럽고 편안한 자세다. 다리와 허리 흔들기로 한 자락 취흥에 젖은 듯해도 빈틈이라곤 찾아 볼 수 없다. 고요하던 초저녁 들판은 묘한 긴장감으로 휩싸인다. 탈춤을 추듯 유연한 몸짓에서 어딘가 친숙한 가락이 배어 나온다. 누군가 풀숲 너머에서 읊조리는 구수한 아라리 가락이 주변을 돌아 출렁이듯 사라져 간다.

방랑거사를 노려보는 장판돌의 품밟기도 예사 걸음은 아니다. 곰처럼 다부진 어깨와 표범 같은 허리, 잔뜩 치켜 올라간 눈매와는 다르게 가벼운 발놀림이다. 딴에는 자부심을 내리 누른 표정이 역력하다. 당당한 체구에서 뿜어져 나오는 눈빛에는 알 수 없는 야심이 번뜩이고 있다. 방랑거사의 허리춤을 잠깐 엿보는가 싶더니 "에크" 하는 짧은 기합 소리와 함께 잽싸게 오른 발을 상대의 다리 안쪽으로 내지른다. 발 기둥이 마치 무쇠로 만든 축인가 싶게 상대는 끄떡도 없다. 오히려 장판돌의 발목과 허벅지에 강한 옆 발따귀가 파고든다. 기우뚱하던 장판돌은 아차 싶어 바로 몸을 곧추세운다.

맑은 잿빛이 어렴풋 남아도는 하늘에는 새떼들만 유유히 날아오른다. 방랑거사는 방금 뭔 일이 일어났냐는 듯 딴청이다. 네 이놈! 그쯤 어린내기 수로는 어림 반 푼 어치도 없다. 이기려는 내색조차 않는다. 이리저리 낌새를 재 보다 힘이 끓어오른 장판돌은 느닷없이 솟구친다. 가로지르기로 한 판 승부를 걸어 볼

참인 게다. 그런데 이게 웬일인가. 힘차게 상대의 가슴을 내리찍으려는 찰라 "이크" 하는 낮은 기합과 함께 발목을 잡힌 채 추풍낙엽 신세다. 눈 깜짝 할 사이 방랑거사의 회목잽이에 걸려든 것이다. 의기양양하던 장판돌의 낯빛은 붉으락푸르락 꽃물이 든다. 거친 숨만 내뿜는다.

어린 누이의 이맛전 같은 반달 아래 별 하나가 돋아 있다. 시름을 잊은 노랫소리는 구슬픈 가락에 젖고 들판에는 희미한 저녁 빛이 내비치기 시작한다. 좀처럼 어그러지지 않는 방랑거사는 홀로 별거리 8마당 본때뵈기에 취한 사람처럼 유유자적이다. 콧김을 식힌 장판돌은 그에 질세라 우뚝 일어나 다리품을 밟는다. 오로지 상대를 무너뜨릴 생각으로 꽉 차오른다. 빈틈을 노린 후려치기 한 방이면 승산이 있으렷다. 그러나 방랑거사는 활개치돌리기와 품밟기에 여념이 없다. 잠시도 허술함이 없는 공방의 자세를 보며 장판돌은 긴장을 느낀다. 방랑거사를 쏘아보는 그의 시선은 먹잇감을 채려는 호랑이의 눈빛이다.

누구나 채워지지 않는 빈 구석은 있기 마련이다. 아무리 밀집한 수풀 사이에도 바람은 드나들고 대갓집 솟을 대문만 한 바윗돌도 언젠가는 깨지기 마련이다. 어찌됐든 장작을 패듯 쪼개 놓으면 그만 아니겠는가. 수를 재어 보는 장판돌의 심사는 한창 주판알을 튕기는 못된 마름의 머릿속같이 복잡하다. 마침 거사의 몸이 휘청이듯 돌아갈 때 장판돌의 눈빛에 불꽃이 튀긴다.

거사를 향해 순식간에 들어찍기를 내지른다. 그때다. 거사의 재빠른 장대걸이와 얼렁발질 두름치기가 거의 동시에 날아든다. 낙화유수같이 쏟아지는 발따귀 세례에 장판돌은 여지없이 무너진다. 적막한 들판에 흙먼지가 날린다.

잿빛 하늘에는 서너 개의 별이 더 돋고 한쪽 끝이 구름에 덮인 반달은 음울하다. 장판돌은 희미한 우수를 느낀다. 맷집이라면 장안 옹알이들에게까지 회자되는 몸이지만 왠지 무력하다. 전광석화 같은 기세로 밀려들던 방랑거사의 몸짓은 귓가를 웅얼대는 희미한 노랫소리와 한데 어울려 어느새 자연의 일부인 양 고요히 품새를 밟고 있다. 몸을 일으킨 장판돌은 터질 듯한 오기로 가득 찬다. 피 끓는 이십대의 혈기가 좀체 누그러지지 않는다. 벼르고 벼르던 오늘의 겨루기에서 아버지뻘에게 기껏 묵사발이 되어 버린 처지라니 기가 차다.

방랑거사는 이글이글 안광을 되쏘는 장판돌의 눈길에서 쉬 꺼지지 않는 집념을 읽는다. 그의 동작 하나하나를 꿰뚫는 중이다. 저만하면 제법이다. 십 수 년 산천을 떠돌았으니 그간 눈에 드는 놈 한둘 없었겠는가. 허나 아무리 난다 긴다 해도 대개는 시중잡배들뿐이어서 야무지게 제 밭은 누군가에게 일굴 마음조차 나지 않던 그다. 허나 이 놈은 범강장달이 같긴 해도 뚝심 하나는 일급이다. 어린 놈 치고 신중한 품밟기도 삿됨이 없다. 몸놀림이 날카롭기론 사흘 굶은 표범이나 진배없다. 언제 터질지 모르는 저 놈의 "에크" 한 방이면 말벌 쏘이듯 쏘이고 말리라. 용광로 같은 속심만 제어한다면 산천초목도 벌벌 떠는 물건이 되렷다. 오만방자함을 꺾고 잘만 다스려 놓으면 강호를 호령하는 최고의 택견 고수가 될 것임이 자명하다.

구름을 비껴난 반달은 한결 산뜻해진 모양새다. 새떼들도 집터로 스며들었는지 풀숲은 이미 잠잠하다. 어둠이 들판을 먹어버리기 전에 결판을 내야 한다. 구중궁궐 같은 방랑거사의 심중을 알 길 없는 장판돌은 아무래도 요령부득인가 싶어 심기일전 기를 모은다. 두 판이나 내리닫이니 이번에야 말로 이기고 말리라 으드득 어금니를 짓깨문다. 그동안 자신의 수련이 지나친 허세가 묻어 있던 게 아니었을까 스스로 의구심이 들던 순간이다. 방랑거사의 큰 활갯짓이 눈앞에서 뒤로 제쳐지기 일보직전이다.

장판돌은 물속을 뚫고 솟구친 한 마리 푸른 용처럼 복장지르기와 두름치기를 한 데 엮어 잽싸게 내지른다. 바로 그때다. 방랑거사의 눈빛에 살별보다 빠른 무언가가 흐른다. 장판돌의 "에크" 소리가 방랑거사의 귓전에 이르기도 전 그의 두 무릎을 찍고 가슴을 밀어 차며 어깨를 밟고 날아오른다. 그와 동시에 방랑거사의 손날이 어느새 등짝을 파 버릴 기세로 밀어 닥친다. 순식간에 화산이 폭발하듯 장판돌의 몸을 휩쓸고 지나간 장못치기와 도끼질이다. 바로 일격필살기다. 열대폭우처럼 쏟아진 손날 앞에 장판돌은 드디어 몸을 눕힌다. 참담하다. 바람처럼 빠르고 산처럼 묵직한 방랑거사의 일거수일투족은 마치 신출귀몰과 같지 않은가. 장판돌의 몸에서 의지를 뒤덮은 오만함이 순식간에 빠져나간다. 그는 겨우 몸을 일으켜 방랑거사 앞에 오체투지로 엎드린다. 됐다. 이만하면 제법 물건다운 물건이다. 비로소 쓸 만한 자를 자신의 제자로 맞게 되었으니 오늘은 운수대통이다. 방랑거사의 마음은 더없이 흡족할 뿐이다.

두 사람의 대련을 흥미 있게 바라보던 인파들 사이에서 박수와 환호가 터진다. 시원한 한 판 승부였다. 오늘은 달집태우기 행사를 보려고 왔다가 뜻밖에 호쾌한 무술경기를 만난 셈이다. 속이 후련하다.

화사한 적막 속으로

남태령을 지나 정부과천청사역 5번 출구를 빠져 나온다. 발등을 비추는 눈부신 봄 햇살이 경이로운 아침이다. 한국수자원공사 정문 앞에서 왼쪽 천변을 따라 느린 걸음을 옮긴다. 관악산에서 발원한 물길이 낮게 흐르는 양재천 들머리다.

별다른 건물 없이 수목이 울창한 이곳은 탁 트인 도로를 따라 오래된 수양벚나무들이 도열해 있다. 번잡스럽지 않고 한적해서 봄날을 혼자 즐기기엔 안성맞춤이다. 봄이면 봄마다 연한 쪽빛 하늘 사이로 수양벚꽃이 휘늘어진다. 귓가에 도란거리는 물소리와 덩굴처럼 늘어진 꽃무리 사이에 주저앉아 바람결 따라 흔들리는 줄기들을 보라. 어느 순간 외로움이 사무치게 밀려와 폭폭 울고 싶어질 테니.

떨어져 누운 꽃잎들이 물결 위에 어린다. 떠나간 것들은 제 풀에 겨워 어디론가 흘러가고 남겨진 것은 온통 내 것이 되어 나부낀다. 목젖을 기어오르는 울음 같지 않은 울음으로 터질 듯 끓어오르는 눈머리와 알 수 없는 한숨이 묻어나온다. 지나간 것들이 쏟아내는 그 강경한 적막함 속으로 온 몸을 뚫고 증발할 것 같은 무언가가 가슴속을 쓸고 지난다. 경계를 알 수 없는 슬픔의 덩어리가 내부를 관통해 발끝 언저리를 뒤척일 때쯤이면 됐다. 그만하면 보광사 입구에 선 홍매화를 마주해 볼 일이다. 뒷목에 핀 앵두화의 해사한 빛깔을 가로막고 붉은 농염을 뱉지 못해 핏빛을 물고 서 있다.

절간 앞마당을 지키는 오래된 나무들은 외따로 선 당간지주마냥 정갈하다. 일찌감치 곁가지들을 모두 잘린 채 우듬지만 오롯이 뭉툭하게 남아 있다. 산자락 고목들의 넘실대는 자유를 연연해하지 않는 듯 초탈한 모습이 묵언으로 다가선다. 만발한 목련의 방창한 기운이 처마 위를 밝히건만 스님들은 자취도 없다. 개 짖는 소리만이 고요한 산사를 울린다. 눈곱재기 창 너머 어딘가에 반쯤 얹힌 불목하니의 눈길이 객쩍은 움직임을 눈여겨볼 것만 같다. 묵언의 세계에서 길어 올리는 한 마디 화두마저 붙잡지 못하고 되돌리는 발길이 아쉽기만 하다. 미간을 스치는 바람 한 자락에 숲의 언저리로 하얀 꽃잎들이 너울을 탄다.

천천히 상류를 따라 거슬러 오른다. 주렴처럼 늘어진 벚꽃 너머로 노란 개나리 한 무더기가 생기를 뿌린다. 저 멀리 밭둑에 올망졸망 몰려 앉은 아낙들의 모습이 보인다. 하루의 시작이 빠르게 열려 있다. 물길이 끝나는 곳을 돌아들어 그들의 등 뒤에 선다. 골마다 들어찬 맥문동 캐기에 몰두해서 어느 누구도 아랑곳하지 않는다. 덤덤한 바지런함이 흙냄새를 물씬 풍길 뿐이다.

바쁜 와중에 장승처럼 무연히 서있는 객 하나가 신경이 쓰이는 모양이다. 마구잡이로 화물칸에 맥문동을 집어던지던 트럭 운전수가 오전 중에 아파트 조경공사에 실려 갈 밭때기 작물이라고 한 마디 일러 준다. 시간을 다투는 삶의 현장은 한가한 이들의 구경거리가 아닌 셈이다. 목숨을 부지하는 일이란 때로 측은함을 품고 있다.

찬 기운이 남아도는 이른 아침이다. 수양벚꽃 흐드러진 이 천변에 서면 살아 있는 모든 것이 서럽다. 돌이킬 수 없는 흘러감이 아쉽고 가서 돌아오지 않는 것들이 가슴 언저리에 봇물을 이룬다. 맺혔던 것들 솟아나 아른거린다. 꽃빛, 물빛 흥건한 서정을 뚫고 수런대는 산빛 마저 무언가 가슴 밑바닥을 훑고 지나는 때문이다. 화사하게 나붓대는 꽃줄기들과 무심한 흔들림 사이로 피어나는 적막감이 온몸을 타고 흐른다. 사월 햇발 눈부신 들판에 나조차 붙박이로 서 있음은 어인 일인가.

빨래는 역시

창을 여니 텃밭의 채소들이 싱그러움으로 가득하다. 청상추, 적상추, 얼갈이, 쑥갓, 들깨 등 한창 자라 올라 쌈으로 먹기 알맞다. 상큼한 초여름 기운을 놓치기에는 아까운 날이다. 하늘은 높고 아침볕이 짱짱해서 수건 몇 장을 손빨래로 열심히 빨았다. 저녁에 돌아와 세수를 하고 바짝 마른 수건을 얼굴에 대니 보송보송해서 말끔한 기분이 든다.

누군가 일상생활에서 가장 싫어하는 일 중 하나를 꼽으라고 하면 나는 으레 첫 순위가 축축하고 눅눅한 세수수건을 사용하는 일이라고 말한다. 한번 쓰고 나서 물기가 스며든 수건은 무조건 세탁기 속으로 직행하거나 손빨래로 빨아 너는 게 오래도록 몸에 밴 습관이다. 그러니 세탁기를 자주 돌리고 세탁물의 절반 이상은 언제나 세수수건이 차지하고 있다.

결혼하고 처음 한동안 남편이 이런 나를 보고 어딘지 이상하다는 표정이었다. 나는 오히려 그것을 이해하기가 힘들었다. 남편의 말씀인 즉, 전기료도 많이 들고 세탁비도 많이 든단다. 가정 경제를 책임진 사람이니 그럴 만도 하지 싶었다. 그러나 웬만한 건 다 양보해도 내가 혼자서 하루에도 수건을 서너 장씩 사용하는 일은 절대 양보할 수가 없다. 아니, 양보할 마음이 애초부터 아예 없다고 해야 맞다. 후줄근한 수건이 몸에 닿는 건 정말 딱 질색이니 나로서도 어쩔 수가 없다. 잘못이라면 어릴 때부터 그렇게 유별나게 기른 친정어머니의 크나큰 잘못쯤이 되겠다.

생전에 나의 어머니는 걸레나 젖은 수건을 자주 손에 쥐고 사셨다. 집안일을 거드는 복순이 언니가 있음에도 틈만 나면 나무 방망이로 걸레를 빨아서 집안을 닦거나 대청을 훔쳤다. 하루에도 몇 번씩 손빨래를 거듭하셨다. 가냘픈 몸에 체질까지 약해서 너무 버거우니 그만 좀 쉬시라 하면 그저 아무 말 없이 빙그레 웃고 하던 일만 계속했다. 한창 더운 여름날 어머니가 대청을 깨끗이 훔친 뒤에 그 자리에 나가 슬며시 앉아 있으면 수증기가 사라질 때의 그 상쾌함이란 이루 말할 수가 없었다. 맨발에 닿던 깔끔한 촉감은 더더욱 그러하다.

빗줄기가 드물어서 흙내라도 그리울 지경인 날에는 부리나케 집으로 돌아와 마중물을 넣고 펌프질로 갓 뿜어 올린 우물물에 얼굴을 씻기 일쑤였다. 그럴 때마다 어머니가 조용히 내밀던 수건의 바삭바삭한 느낌은 마치 어제 일처럼 지금도 쉬 잊히질 않는다. 손빨래로 잘 다듬어진 빨랫감에서만 느낄 수 있는 고유의 청결함은 언제나 새롭기만 해서 어린 나이였음에도 나도 모르게 그것을 즐기곤 했다. 중학생이던 그때까지도 대가족을 거느린 어머니가 힘들 것이란 생각은 아예 뒷전이었다.

오래전에 어떤 모임의 큰 행사에서 수건을 나누어 주는 책임을 맡은 적이 있다. 수건 선물을 반기기로야 아줌마들을 당할 수가 없다. 많은 수의 아줌마들이 너나없이 수건 하나만 더 주면 안 되겠느냐고 은근히 묻던 일이 지금도 귀에 살아난다. 아마도 일상생활의 소모품이니 부담 없는 선물로야 수건만 한 것도 없지 않나 생각된다. 때때로 돌잔치나 어느 기념식에 가서 수건을 선물로 주면 그야말로 반갑다. 다양한 용도로 쓸 수 있으니 말이다. 그러니 다른 건 몰라도 우리 집에 세수수건이 유독 많은 건 당연지사다. 목욕탕 화장대 속에 웬 수건이 그리 첩첩이 쌓여 있나 놀라는 사람도 있다. 그래 봐야 일주일도 못 돼 새로 빤 수건들이 제자리를 도로 차지한다.

가끔 기분이 언짢거나 우울할 때, 혹은 머릿속이 엉겨 복잡할 때, 나는 목욕탕이나 마당의 수돗가에서 세수수건이나 걸레를 빤다. 거품을 북북 치대고 맑은 물에 헹구어 탁탁 털어서 볕에 널면 쌓인 스트레스도 날아가고 기분도 한결 밝아진다. 세탁기의 편안함이 돌려주는 그 밍밍하고 뭔가 미적지근한 맛에 비할 바가 아니다. 바삭하고 개운한 손빨래 특유의 촉감은 그것을 즐길 줄 아는 사람만이 누리는 작은 행복이다. 아는 자가 즐길 줄도 안다는 말은 이런 경우에도 해당되는 셈이다.

이런저런 일로 신경이 예민해지거나 별것도 아닌 일에 마음이 치어 무거울 때, 가벼운 손빨래는 잠시나마 마음을 헹궈주는 청량제다. 물을 만지는 것 자체가 긴장을 이완시켜 주기도 하지만 때로 몸을 쓰는 일은 정신을 쓰는 일보다 확실히 생각들을 단순 명쾌하게 정리해 준다. 굳이 노동이랄 것도 없는 이런 일은 깊은 사념에 빠지는 것을 걸러 주고 생각의 물꼬를 터주는 징검다리와도 같다. 부담으로 와 닿는 복잡한 일로부터 일시적으로 해방되는 마음의 지름길이 되기도 하기 때문이다.

외출에서 돌아와 대문을 열고 마당으로 들어서다가 정원에 철봉처럼 높이 매달린 건조대에 손빨래로 한두 장 널린 수건을 볼 때가 있다. 남편 솜씨다. 그때 마음속에 잔잔한 반가움이 먼저 일어난다. 다가가 햇볕에 바짝 마른 수건을 만질 때의 기분이란 찬물에 머리를 헹군 것처럼 갑자기 머릿속이 시원해지는 그런 느낌이다. 한 집에서 오래 같이 살다보니 어느새 그것도 즐거운 전염이 되었나 보다. 가끔은 남편도 수건을 손으로 빨아 저처럼 널어놓는 경우의 수가 생기니 말이다. 이상할 것 없는 세월의 흐름이 거기에 얹혀 있는 것을 바라볼 때면 우리도 긴 시간을 함께 걸어왔다는 생각으로 잠시 흐뭇해진다.

말끔하고 상쾌한 기분을 마음껏 누리려고 오늘도 이른 아침부터 삶아 놓은 세수수건을 힘껏 치대고 있다. 빨래는 역시 손빨래가 최고다. 심신을 밝게 가꾸는 데는 몸을 써서 움직이는 일보다 더 좋은 것이 없다. 만일 일상에 지쳐 우울하거나 무료함을 달래기가 힘들다면 자, 이제부터 빨랫비누 팍팍 묻혀 수건을 빨자.

11월

설악산 단풍 소식이 미처 서울까지 이르지 못한 11월 초순이다. 산자락 아래 이파리들은 여전히 푸른빛이 역력하다. 물 오른 연두색도 아니요, 물 내린 청자색도 아니다. 가을과 겨울의 초입에서 짙은 녹색을 보일 뿐이다. 더러 변색을 시작하는 나뭇잎들도 있으나 크게 눈에 띄지는 않는다. 속으로는 붉으락푸르락 변화의 격정을 지니기 시작할 게다. 꿈틀댐과 몸부림, 갈등의 기미를 지닌 시간이다.

어느새 이파리 끝에 노란색이 얹히기 시작한다. 계절이 지나는 소란한 마을길 위로 억센 줄기들을 뻗으며 조용히 그림자를 짓는다. 일그러진 욕심을 불가항력으로 녹이는 사랑의 그늘처럼 부드럽다. 점차 달빛을 품은 여인의 속성같이 따스한 빛으로 익어 간다. 누군가와 어깨를 맞대고 두툼한 파전 한 조각 넘기고 싶어진다. 가을은 그렇게 서서히 물들어 가며 빈자리를 의식하게 만든다.

어느 날 문득 선명한 가을빛이 두드러진다. 이유를 알 수 없는 상실감으로 마음 한 구석이 반쯤 접혀든다. 혼기 놓친 고명딸을 겨우 시집보내고 시름시름 앓던 할머니의 마음도 그러했을까. 애지중지 키운 딸이니 오죽 섭섭했을까 싶다. 어미 품을 떠난 고모 마음도 한 동안 적응이 어수선해서 아마 얼룩덜룩 저런 빛깔이었겠지 싶다.

중순을 지나니 불그스름한 빛이 흔연해지다가 날이 밝기 무섭게 농익어 간다. 서슬 푸른 수탉의 벼슬 속으로 아침 햇볕이 투영될 때 삶의 절정이 저런 것이 아닐까 싶게 빨갛다. 모든 것의 근원이 '빨강'이라도 되는 듯 선정적으로 비춰진다. 떠난다는 것은 누구에게도 발설하지 못하는 사랑처럼 어딘가 미진함을 품고 있다. 머물지 못하는 것들은 그래서 엉거주춤 불안해진다.

벌써 여러 날째 우체통 앞에서 민달팽이처럼 서성이는 저 여인도 달아오르던 감춰진 사랑의 붉은 심장을 꺼내어 보고 있는 중인지 알 수 없다. 미친 사랑의 열기가 남긴 분노와 욕망의 시간들을 새빨갛게 박음질하며 제자리걸음을 벗어나지 못하고 있다. 모자를 푹 눌러 쓰고 손톱 밑을 잘근잘근 물어뜯으며 연신 휴지조각을 눌러댄다. 제 안의 빨강을 모두 빼내고 말 것처럼 입술을 짓깨무는 중이다.

선명하던 붉은 빛깔에 검은 빛이 어리면 문득 사라짐을 의식하게 된다. 그로부터 십여 일쯤 지나 캄캄한 첫새벽에 6층 병원 옥상에서 몸을 날린 그 여인이 복병처럼 다가온 수태와 배신의 상처를 한 순간에 마감했다는 소식은 부녀자들의 입에서 입으로 믿기지 않는 풍문으로 나돌았다. 금지된 사랑의 종말을 애써 참혹하게 증명한 것이다. 제 스스로 검은 새가 되어 지옥문을 빠져 나간 셈인지도 모른다.

처음부터 예고된 끝남에 속절없음만 남아돈다. 호기심과 무절제한 욕구들이 파국을 향해 종지부를 찍고 돌이키지 못할 서늘함만 남겨 놓았다. 섣불리 저지른 불장난은 아름답지 못하게 저물기 마련이라는 것을 새삼 깨닫게 해 준다.

11월 끝 무렵이다. 이미 숲에는 낙엽들이 차고도 넘친다. 드문드문 약간의 단풍이 남아 있긴 해도 비틀린 몸짓으로 처량하게 매달려 있다. 수많은 잎들이 언제 이렇게 이별을 고했나 싶게 새삼스럽다.

일찌감치 초겨울이 시작되었음을 굳이 말해 무엇 하나. 종종걸음과 파리한 얼굴들이 거리를 메운다. 모든 것이 때가 되면 떠난다는 사실을 애통해하던 순간들이 찬바람과 함께 등을 타고 오르내린다. 한 달을 지내며 간간이 생각해 볼진대 11월은 색깔만큼이나 무늬도 다양하다.

하늘을 끌어당기며 은둔의 집을 짓기 시작하는 변화의 계절이다. 화려한 단풍의 빛깔에 홀려 감탄을 연발하다가도 누구나 한 번 쯤 세월의 의미를 묻게 된다. 퇴색의 기운이 역력하지만 시간의 흐름을 따라 깊어가는 인생의 여운을 음미하기에는 더 없이 적당한 시기이다. 뒤척이며 여물어 가는 순환의 물결들을 고

즈넉이 바라보며 갖가지 물음들을 던져본다.

11월은 팔색조다.

만월

보름달이 떴다. 두둥실 환한 모습이 금방이라도 손에 닿을 것만 같다. 그 안온한 기운이 저녁 산책로에 빛을 뿌린다. 살갗을 어르는 바람결도 잊은 채 잠시 걸음을 멈추고 검푸른 하늘에 시선을 빼앗긴다. 저녁 바람이 추우니 달빛은 이상스레 더 또렷하게 느껴진다. 계수나무처럼 달 가운데 박혀 서서 왠지 시린 마음을 녹여 보고도 싶다. 그리하여 달빛 속으로 점점 걸어 들어간다.

깊은 밤 장독대에 정화수 한 그릇 올려 두신 어머니. 무슨 소원이 그리 많은지 한참 동안이나 그 앞에 서 있다. 아무런 기척도 없다가 이윽고 입술 끝을 달싹거린다. 비 맞은 중처럼 무얼 그리 중얼대나 싶더니 가녀린 어깨를 들먹거린다. 환한 보름달이 내비치고 있어도 아무런 소용이 없다. 차가운 밤기운에 주위는 온통 고요할 뿐이다.

이윽고 어둠속으로 물러나 조그만 눈사람처럼 나앉은 어머니는 제 가슴을 치다가 쥐어뜯다가 홀로 소리 없는 울음 강을 이룬다. 다락방 창틈으로 몰래 지켜보던 내 눈에도 쉴 새 없이 눈물이 흐른다. 열 살도 못 되어 세상 뜬 딸을 두고 상실의 밤을 건너는 어머니의 고통스런 모습은 그처럼 늘 애처로웠다. 앞서 간 자식을 가슴에 묻지 못해 밤낮을 허둥대다 마치 넋 나간 사람처럼 앉아 있곤 했다.

바람이 불었다. 가족들 모두의 가슴속을 쓸고 지나는 애끓는 소리가 집안 곳곳을 넘실거렸다. 떠남이란 왠지 더디고 울적해서 몇 개월이 지나도 우리 모두는 알 수 없게 추웠다. 어딘가 으슬으슬 소름이 돋아 괜히 움츠러들었다. 비가 내리거나 눈이 와도 좀처럼 그 아이의 어른거림을 밀쳐 내기가 힘겨웠다. 장애아로 태어나 대문 밖을 벗어나 본 적 없는 어린 것이 홀연히 제 모습을 감춘 것이 가여워 누구나 그림자를 붙잡고 씨름 중이었다. 하지만 아무리 지워 내도 그 흔적이 역력함을 어찌하겠는가.

어머니는 세 딸들의 옷장을 정리하다가도 얼굴을 파묻기 일쑤였다. 오래된 서랍 속에서 묵은 사진이 튀어나오기만 해도 그것들을 붙잡고 덧없는 손길을 붓질하듯 쓸어내렸다. 문살 안에 어스레하게 저녁 빛이 내려앉아도, 어둠이 주위를 감추어도 여전히 앉아 어깨를 들썩거렸다. 아직도 어린 나는 그런 어머니를 붙잡고 엉엉 울지도 못했다. 돌아서서 솟구치는 눈물을 닦으며 사라져 간 손아래 동생의 이름만 불러 볼 뿐, 할 수 있는 것이라고는 아무것도 없었다. 그렇게 정지된 시간들이 흘러갔다.

언제부터 집안에 다시 온기가 깃들기 시작했을까. 세상 뜬 여동생의 기일이 다섯 번쯤 지났을 때 어머니의 잉태 소식을 들었다. 늦가을 삭정이처럼 메마른 어머니 마음에도 새순이 돋듯 미미한 혈색이 감돌았다. 측은함을 밀어 내고 늦둥이에 대한 은근한 기대감이 갈수록 어머니의 몸을 부풀려 놓았다. 덩달아 우리도 봄물 오르듯 기지개를 켰다. 어머니는 밤마다 또 다시 정화수를 올려 두었다. 제 가슴을 치거나 쥐어뜯는 일도 점차 줄어들었다.

보름달이 환한 밤이면 나는 다락 창가에서 오래도록 어머니를 내려다보았다. 하염없이 빌고 또 비는 어머니의 모습이 아직도 서러웠지만 조금은 흡족했다. 밤하늘을 훤히 비추는 둥근 달 속에 자그마한 동생의 얼굴도 환하게 떠오르다 사라지곤 했다. 나는 그럴 때마다 반쯤 눈물어린 눈으로 작별을 고했다. 하지만 결코 그 어린 존재를 잊은 적은 없었다. 어깨 위에 비스듬히 달빛을 받고 서 있는 어머니의 모습과 먼 별들의 속삭임 사이로 멀어져 가는 그 아이를 향해 조용히 눈을 맞추어 보는 것이 전부였다. 알 수 없이 쓸쓸했다.

1월 중순이 지나고 있었다. 겨울방학 중이었지만 너무 추워서 밖에 나갈 엄두를 못 내었다. 하루 종일 뜨끈한 구들을 끼고 누웠다 앉았다 이불 속에서 책들을 뒤적였다. 차가운 겨울을 안전하게 나는 방법은 그게 유일했다. 지루함을 못 견디고 밤늦게 미닫이를 여니 보름달이 대청 건너 유리창 밖에서 훤한 달빛을 쏟아 내는 중이었다. 그 넉넉하고 따듯한 빛이 좋았다. 그러다 가물가물 잠 속으로 빠져들었다.

잠결에 들으니 무언가가 어수선하고 부산했다. 너른 대청을 가로 지르는 발소리와 고함소리에 놀라 눈을 뜨니 산파가 도착했다는 것이다. 아침인가 해서 창밖을 보니 캄캄한 한밤중이었다. 조금 있으니 안방에서 우렁찬 아기 울음소리가 들려왔다. 나는 더 이상 참지 못하고 언니의 만류에도 불구하고 방문을 박차고 나가 어머니의 긴 방문을 열었다. 김이 무럭무럭 피어나는 물속에서 산파가 한창 아기를 씻기는 중이었다. 기진맥진한 어머니가 나를 보더니 희미했지만 환하게 웃었다. 둘째 아들을 얻은 종갓집 맏며느리의 뿌듯함이었다. 딸을 잃고 아들을 얻은 어머니의 만족감과 슬픔을 메우는 흡족함이 거기에 어려 있었다. 그때 처음으로 어머니의 웃음이 보름달을 닮았다는 생각이 스쳤다. 하지만 나는 왠지 그 웃음이 반갑지가 않았다. 소중한 기억이 스러지고 있음이 문득 아프게 파고들었다.

꿈속을 헤매듯 어릴 적 상념 속을 걸어 나오니 달빛은 더욱 밝기만 하다. 바람 찬 하늘에 두둥실 떠 있는 보름달을 보면 일찍이 세상 뜬 여동생과 뒤늦게 태어나 누나임을 알게 해 준 남동생이 동시에 떠올라 만감이 교차한다. 슬픔과 기쁨의 변곡점에서 보름달 위에 자막을 새기는 월명사의 제망매가를 읊조린다. 차가운 이 밤도 눈머리가 어룽진다.

Chapter 나의 부캐를 찾아서

3부

Chapter
나의 부캐를 찾아서

3부

나의 부캐를 찾아서

차가운 봄바람 사이로 새들의 투명한 음색이 맑은 기운을 뿌리며 사라진다. 정수리에 가벼운 꽃잎들이 하나 둘 내려와 앉는 기분이다. 하지만 방향을 잡을 수가 없다. 사람들의 잦은 발길을 피해 나무가 빽빽한 숲으로 들어왔으니 바닥은 온통 메마른 낙엽뿐이다. 제멋대로 키를 높인 회향목 군락들이 잡목 사이에서 오랜 성장의 흐름을 보여 준다. 소나무의 청청함과 노간주나무의 푸른빛이 없으면 삼월 초순의 깊은 산속은 대개 단조로운 갈색 천지다.

무슨 작정을 하고 여기에 발을 들인 것인지 알 수가 없다. 아침부터 이렇다 할 등산로에 번잡한 사람들의 웅성거림이 마땅치 않았다. 인적을 피해 아무도 가지 않는 샛길로 들어선 것이 이 낯선 골짜기다. 나의 산행은 으레 이런 식이다. 옆길이든 골짜기든 길이 아닌 길로 깊숙이 들어가 종횡무진 걷다가 길을 잃고 헤매어 보는 것이 익숙한 재미다. 이 무슨 괴이한 취미인지 알 수가 없다.

툭툭 부러진 가지들이 이 골짝 저 골짝 풍화의식을 거치는 동안 고여 있는 시간은 단조로운 것이 아니다. 인간세상만이 간격과 질서를 유지하는 듯해도 썩은 둥치에서 싹을 틔운 균주들조차 미미한 거리 안에서 자동으로 조율되고 있다. 섬세하고 우아한 체계가 그들의 세상을 열고 보일 듯 말 듯 생명을 이어 간다. 제 나름의 요령과 습성을 따라 번식과 퇴화를 반복하며 주기적인 순환의 고리를 쌓는다.

습기가 있는 곳에 간혹 존재하는 녹청색 이끼들은 온순해 보여도 만만치는 않다. 헛뿌리를 흡착시키고 포자낭을 매단 채 물기가 주는 혜택을 마다 않고 자리를 지킨다. 계곡의 바위 사이를 거쳐 큰물 진 자리에 누적된 낙엽들은 마치 작은 보(堡)를 이룬다. 휩쓸림이 멈춘 가장자리에 도미노 현상처럼 비스듬히 켜를 이룬 수백 장의 낙엽들을 보는 일은 경이롭기까지 하다. 사람의 손으로 한 장 한 장 일렬종대를 맞춘 것보다 더 가지런할 때가 있다. 보이지 않는 질서가 숲의 내부를 지배하는 모습은 종종 신비로운 발견의 묘미를 더해 준다.

산비탈을 지그재그 거슬러 툭 불거진 바위 턱에 걸터앉으면 우선 눈을 부릅뜨지 않아도 되니 좋다. 발아래 펼쳐진 숲의 정경이 아득하고 편안하다. 분주함과 소란함이 사라진 고요 속에 또 다른 고요가 되어 가는 느낌은 번개 같은 사랑이나 위태로운 잇속 따위에 애간장을 끓일 필요가 없으니 침묵 그 자체다. 통속적인 외로움 따위와는 거리가 멀다. 그저 무한한 질서 한가운데에서 질서를 잃어버리는 자유로움이 시원한 통쾌감을 안겨 준다.

사람 없는 낯선 골짜기를 이리저리 배회하는 것만 같은 내 자신의 무질서에 이끌리다 보면 어디선가 생소한 나의 부캐가 뛰쳐나온 것 같아 스스로 그 움직임을 주시하게 된다. 내 안의 또 다른 나를 꺼내어 보고픈 열망, 혹은 규제와 속박으로부터 벗어나고픈 갈망의 그림자가 얼씬댐을 아는 까닭이다. 누적된 층으로부터 솟아오른 하나의 분신을 바라보는 듯한 생소함이 숨어있는 사념들을 눈뜨게 만든다.

이쯤 되면 도시가 키워 낸 나의 본체는 무엇일까 불쑥 우문이 생겨난다. 엉뚱한 물음이 뜻하지 않게 발목을 붙드는 셈이다. 날카롭게 자신을 향해 깊숙한 시선을 던진다. 질 좋은 문방사우 위에 어쩌다 때깔 좋은 개살구 하나쯤 그리려는 것인지 아니면 골방 식자(識者) 흉내로 문필의 나붓댐을 내 몸 어딘가에 묵형으로 새기자는 것인지 자문자답을 벌인다.

우스꽝스런 얼룩으로 한판 춤사위를 벌이자면 허다한 글 판가운데 소수점으로 남을 일이요, 남의 글줄이나 빌어다 되잖은 분칠로 제 것이나 되는 것처럼 그럴 듯이 꾸밀 속셈이면 차라리 퇴각을 선언할 일이다. 값싸게 누군가를 기만하는 따위로 제 가치를 스스로 훼손하는 것은 형편없는 짓이다. 그런 식으로 어딘가 한 귀퉁이에 이름을 얹어 보려는 것이야말로 비루하지 않은가. 이런 되잖은 생각으로 적지 않은 착란상태를 거치다 보면 내 속의 또 다른 나에게 겸연쩍어지지 않을 수 없다. 별반 숭고

하지도 못하면서 어설픈 새김 굿을 벌이지는 말자는 오기가 불끈 들기도 한다. 도대체 그 많은 식자의 무리들 속에 서서 서툰 가락을 뿌려 봤자 어쩌자는 것인가. 이를 용기라고 해야 하는가 말이다. 톱날이 서지 않는 우둔함으로 나무를 베어 봐야 기껏 쓸데없는 용이나 써 대고 말 일이 아닌가.

치솟는 사념의 끄트머리를 붙잡고 아무리 씨름을 해 봐도 마땅한 수가 없다. 그러니 나의 잦은 산행은 내 속의 보이지 않는 이어도를 찾아 짓궂게 헤매 도는 일인지도 모른다. 언젠가 꿈의 향기를 퍼 나르는 문자들의 행렬이 어쩌면 천직이 될지도 모른다는 미련한 예감을 떨쳐 버릴 수 없다는 게 이유 아닌 이유다. 음전하게 들어앉아 이 작은 욕망의 덮개를 닫아 두는 것이 나답지 않음을 문득문득 알게 되기 때문이다. 집요하게 여위어 가는 무언가가 내 속에 그늘을 드리우고 뚜껑을 열어 제치라 소리친다. 넓고 넓은 이 골짝 어느 곳에도 너 아닌 너는 없다. 본연의 모습으로 돌아가라고 질타한다. 명징한 울림을 찾아 어딜 둘러봐도 혼자일 뿐이다. 듬직한 친구는 오늘도 네 안에 오롯이 살아 움직이고 있는 너일 뿐이라고 호되게 일러 준다.

스스로를 더듬어 씨나락 읊조리듯 유세를 펼치다가 설핏 해가 기울기 시작하면 비로소 은은히 밝아지는 마음의 기세를 얻는다. 쏜살같이 날아간 시간 속에도 어딘가 성장이 켯속을 높여 가는 걸 내 어찌 지금 알리오. 헛뿌리 같은 무엇일지라도 나만의 보(堡)를 마련키 위해 차곡차곡 밟아야 할 걸음걸이가 있음을 깨닫는다. 그리하여 온 종일 휘청대던 또 다른 나를 붙잡고 질서를 찾아 길다운 길로 접어들게 된다. 다문다문 옆을 스치는 사람 소리에 비로소 섞여야 한다는 안도감이 스민다. 바람 한 자락 허공을 훑고 지나는 사이로.

봄비

새벽부터 잔잔하게 내리던 비가 아침 들어 점차 굵어지고 있다. 메마른 땅이 빗물을 흡수하는 속도가 조금씩 느려지는 중이다. 움푹한 곳의 작은 웅덩이들이 화사한 벚나무들의 그림자를 띄운다. 빗방울이 튕겨 오를 때 제각기 번지는 동심원들이 하나둘 퍼지는 모습에서 봄기운이 밀려든다. 오래된 수목의 파삭한 껍질이 물기에 젖어 짙은 먹빛을 드러낸다. 말없이 서 있는 나무들을 따라 공원의 둘레 길을 걷자니 떨어져 누운 꽃잎조차 한 폭의 그림처럼 아름다운 광경이다.

공원길 중간에 자리한 화원 앞을 지난다. 봄꽃들이 자리해야 할 공간은 유리문 안쪽으로 밀려나 있고 갖가지 모종들이 도로 위를 채우고 있다. 근처에 있는 '강감찬 텃밭'이 그들을 기다리는 탓이다. 아마도 요즘이 쌈 채소를 심기에 가장 적당한 때인가 보다. 청상추, 적상추, 양상추, 치커리 등이 즐비하다. 그 사이에 부추, 대파, 오크 등이 소규모로 섞여 있다. 아직 출하 시기가 아닌지 수박, 오이, 고추나 가지, 토마토, 호박 등 열매 채소는 보이지 않는다.

공원 끝에 이르러 텃밭이 넓게 흩어진 산자락 아래에 발을 들여 놓는다. 이곳은 서울대학교 후문 아래쪽으로 주민들을 위해 관악구청에서 정식으로 운영하는 텃밭들이다. 두어 평 남짓 작은 밭들이 번호를 새긴 파란색 팻말들을 가지런히 달고 있다. 관악산에서 흘러내리는 깊고 서늘한 바람이 아직 밭주인의 발길을 서두르지 못하게 하는가 보다. 휑한 곳이 더 많지만 부지런한 사람들은 벌써 어린 모종을 드문드문 심어 놓았다. 일찌감치 씨앗을 뿌려둔 곳은 손톱만 한 싹들이 고개를 내밀고 있다. 가늘어진 빗줄기 속에서도 흙을 고르는 사람들은 진지한 농사꾼 못지않다. 예나 지금이나 봄비는 천 냥이라는 말이 백번 옳다. 뿌리를 내리려는 싹의 몸짓이 간절하니 축축한 물길이 보약이나 진배없을 테니 말이다.

텃밭을 돌며 사람들을 유심히 살피는데 조금 이상스럽다. 흙을 고르거나 모종을 심고 있는 사람들 중에 의외로 젊은이들이 간간이 눈에 띈다. 평소 텃밭을 소일거리로 삼는 경우 대개는 나이가 좀 든 연장자들이다. 휴일이라 가족 동반으로 나온 것 같긴 해도 예전에 비해 젊은이들의 모습이 확연히 눈에 들어온다. 비 오는 날씨 때문인가 싶다가, 어린 자녀를 둔 가정의 자연학습 활동과 연관이 있나 싶기도 하고, 어쨌거나 눈길이 쉬 거두어지지는 않는다. 하고많은 이유 중에 혹여 일자리를 놓친 젊은 세대들의 답답한 탈출구가 아니기를 간절히 바랄 뿐이다.

없는 것 없는 세상인데 무언가 분명 없는 게 있다. 대체 무얼까 싶다가 마음자리가 없는 게 아닐까 싶어 괜스레 헛헛해진다. 경제가 어렵다 보니 아무리 내디디려 해도 디딜 곳 없는 힘겨움이 평범한 젊은 세대를 망가뜨리고 있는 것은 아닌지 조심스러워진다. 혈기와 모험으로 가득 차 날아올라야 할 시기에 모진 노력으로도 살아지지 않는 세상이 우리 곁에 있다는 게 마땅치 않다. 쫓기듯 살아도 마음속에 우울함이 범람하는 세상은 온전치 못하기 때문이다.

요즘 들어 가끔 저녁에 즐겨보는 TV프로가 있다. 재방송 국민드라마 〈전원일기〉다. 지금 세월과는 맞지 않는 오래전 이야기지만 사람 사는 맛이 배어 있어 좋다. 그중에서도 일용이와 용식이, 응삼이 등 일곱 명의 친구들이 의기투합해서 이루는 소소한 일상들이 따듯하게 느껴진다. 사랑방에 모여앉아 한 잔 술을 나누고 티격태격 궁색한 현실을 타개하려는 젊은이들이 건강하게 다가온다. 어려운 살림들이 짠하지만 무언가 서로 나누는 게 있고 가슴속을 어루만지는 정서가 있다. 남녀노소 어울림과 품앗이가 있고 서로의 고달픔을 잊게 만드는 위로를 전해 준다. 바이러스가 판치는 세상처럼 각자 따로 놀며 방안에서 마음을 닫아 건 사회가 아니다. 작지만 웃음과 소통이 이루어지는 농촌 공동체의 정겨움이 살아 있다.

젊음이 화려할 수는 없어도 희망과 꿈이 있어야 활기로 넘쳐난다. 투기니 부정이니 온갖 술수가 판치는 사회에서 앞날을 예

측할 수 없음은 분노와 좌절을 부른다. 자본주의가 발달한 사회에서 용기 하나만 가지고 뿔뿔이 흩어져 살기엔 온갖 금전적 고통이 발목을 잡는다. 고달픈 현실이라도 젊음 하나를 무기로 힘겹게 헤쳐 나가던 옛 시절과는 판이하게 다른 세상이 아니던가.

아무리 개인주의가 판치는 시대라고 해도 마음까지 닫아 놓고 사는 건 흡사 황량한 사막을 혼자 걷는 기분과 마찬가지일 것이다. 젊은이들이 작고 여린 뿌리를 내리고 버텨 내려면 우리 모두 마음의 물길은 터 주어야 한다. 따스한 마음과 마음이 얽혀 실핏줄 같은 온기가 살아 움직여야 인간다운 세상이라고 말할 수 있다. 각박해 질수록 서로를 보듬는 마음자리가 있어야 그나마 견디기가 조금은 수월해진다.

누구에게나 봄비가 좋은 것만은 아니다. 하루를 살아 내기도 벅찬 이들에게는 빗줄기가 부드럽게 느껴질리 없다. 마음의 풍요를 잃어버린 곳에 안식이나 낭만은 먼 이야기처럼 들린다. 누군가에게 마음을 얹고 살아야 등이라도 따뜻한 법이지만 공동체가 해체된 현실에서 그마저도 쉽지 않다. 오늘을 살아가는 젊은 이들은 마음보다 물질이 앞서 있지만 생각처럼 따라 주지 않으니 안타깝기 그지없다. 화사한 봄날이 외롭지 않으려면 가까운 사람들끼리라도 더운 마음의 줄기를 놓치는 일이 없어야 한다. 명약이 따로 있나. 그들에게도 봄비가 크나 큰 축복이 되려면 어떻게든 살아가야 할 희망이 주어져야 하는 게 아닐까.

밤이 깊도록 빗줄기가 그치지 않는다. 자정이 넘은 주택가 골목길을 누군가 목청껏 소리치며 노래를 부르면서 지나간다. 몇 배기 술잔에 흥건하게 취한 듯 구수한 목소리가 베게 밑을 파고 든다.

외로운 가슴을 달랠 길 없네/한없이 적시는 내 눈 위에는/빗방울 떨어져 눈물이 되었나/봄비~~~/나를 울려 주는 봄비~~~/언제까지 나리려나/마음마저 울려 주네/봄비~~~

서울 변두리

나의 본적은 성북구 번동 313번지다. 어릴 적 기억의 첫 실마리를 품고 있는 곳이다. 집을 벗어나면 둑 아래로 폭넓은 강물이 흐르고 넓은 들과 산자락이 이어지던 동네다. 서울이긴 해도 개발이란 말조차 생소할 때라 변두리 농촌 풍경을 벗어나지 못하고 있었다. 그곳에 대한 다섯 살 무렵의 희미한 기억은 찰랑거리는 따듯한 물의 감촉으로부터 시작된다. 눈을 감으면 햇살이 쨍하게 더운 날 오빠, 언니들과 강가에서 수영을 즐기던 때가 아슴푸레 떠오른다.

아이들 허리 정도의 강물에서는 빨래하는 아주머니들을 자주 볼 수 있었다. 이불깃인 옥양목을 빨아 강가 자갈밭에 펼쳐 놓으면 너른 도화지처럼 팽팽하게 마르곤 했다. 그 사이에 오빠, 언니들은 신나게 물장구를 치며 강바닥을 뒤적였다. 돌멩이들을 들추어 가재와 피라미를 잡고 제멋대로 물속을 첨벙거리다 배가 고프면 자갈이 널린 곳으로 나와 이곳저곳 어슬렁거렸다. 따끈하게 달아오른 자갈들 사이에는 메추리알처럼 작은 물새알들이 곳곳에 널려 있었다. 그 물새알들을 주워 주머니에 몇 개씩 넣고 집으로 돌아오곤 했다.

집 뒤편에는 할머니가 가꾸는 텃밭이 있었다. 근대나물과 상추, 고추, 대파 같은 작물이 주종을 이루었다. 오빠와 언니들은 집에 도착하기 무섭게 텃밭 끄트머리에 모여 앉아 모종의 일들을 꾸몄다. 누군가 길고 싱싱한 대파 잎을 길게 끊어 오면 물새알을 깨트려 조심스럽게 줄기 안에 부었다. 그런 다음 끝을 잘 묶어 두었다. 자잘한 나뭇가지들을 모아 성냥불로 지피고 활활 타오르던 불기가 사그라지면 열기가 남은 잿더미 위에 묶어둔 파를 가지런히 얹었었다. 타지 않도록 앞뒤를 자주 바꾸어 주면서 적당히 익으면 재를 털어 내고 한 입 가득 베어 먹었다. 계란찜처럼 반숙이 되어 버린 물새알은 입안에서 매콤한 파의 향기와 더불어 좋은 간식이 되어 주었다. 그때만 해도 간식거리가 귀하던 때이니 환경보호 따위는 생각도 못하던 시절이었다.

만족감으로 깔깔대는 소리가 푸른 하늘가로 둥실 떠올라 지붕 저 편으로 사라지면 언니들은 텃밭 가장귀에 돋아난 비름나물들을 한 움큼씩 뜯어서 집안으로 가져갔다. 살짝 데쳐 갖은 양념에 무쳐 놓으면 저녁밥상 위에서 심심찮게 맛있는 찬거리가 되어 주었다. 고추장과 참기름을 넣어 쓱쓱 비벼 먹어도 입맛을 돋우었다.

강물에 한참 멱을 감다가 더위에 지치면 옷을 주섬주섬 주워 입고 둑으로 몰려가기도 했다. 어른들 말에 의하면 그곳은 6.25 때 격전지로 탄피가 많이 묻혀 있다고들 했다. 불발탄이라도 터지면 위험하다고 아이들이 접근하는 것을 극구 말렸지만 위험성을 뚜렷하게 인지 못하는 아이들은 말을 듣지 않았다.

미루나무가 듬성듬성 심어진 둑 아래는 시원한 나무 그늘이 좋았다. 그늘에 다리 뻗고 앉아 튼튼한 나뭇가지로 흙을 파다보면 누런 탄피들이 여기저기 모습을 드러냈다. 하나가 발견되면 서로 경쟁이나 하듯이 땅을 헤집어 탄피 찾기에 열중했다. 탄피뿐만 아니라 쇳조각이나 벌겋게 녹이 슨 대못 같은 것들도 많아서 대체 이곳에 있는 못들은 어디에 쓰던 것일까 모두들 궁금해하였다.

여러 차례 모아진 쇠붙이들은 가끔 마을을 찾아오는 엿장수 아저씨에게 엿이나 옥수수, 튀밥 따위와 바꾸어 먹었다. 지금 생각해도 불발탄이 터지는 사고가 없었던 게 다행이다. 그러니 성북구 번동 313번지 일대에 관한 기억은 강가에서 헤엄치던 일이나 텃밭에서 물새알 구워 먹기, 둑 언저리에서 오빠나 언니들을 따라다니며 탄피를 찾던 일, 그 이외의 몇 가지 희미한 일들만이 어렴풋이 남아 있을 뿐이다.

하지만 나는 가끔 한가할 때면 그때의 기억을 찾아 미로 찾기에 빠져들곤 한다. 내 삶은 온통 도시적인 것들이 지배적이어서 그나마 시골스러운 추억이라곤 다섯 살 무렵 서울 변두리 번동 일대의 짧은 시간에 그치고 있기 때문이다. 지금은 그 주변이 모두 아파트 숲으로 변해 버렸으니 어디가 어딘지 알 수조차 없다.

아마 내 잠재의식의 끝에는 그곳에 대한 수구초심(首丘初心)이 늘 묻혀 있는지도 모른다. 혼자 있는 시간이 깊어지면 깊어질수록 강둑 주변의 풍경들이 자욱한 안개에 싸인 풍경화처럼 머릿속을 헤집고 떠오르기 때문이다. 평생을 복잡한 서울살이로 보냈으니 도시 생활이 마뜩찮을 때이면 더더욱 그렇다. 아마도 고향다운 고향을 제대로 지녀 보지 못한 도시인의 태생적 비애일 것이다. 내 몸속 저 밑바닥 어딘가에는 순진무구하고 평화롭던 어린 날의 자화상이 해묵은 돌섬처럼 깊디깊게 가라앉아 있기라도 한 것일까.

문패

순례길 마냥 동네 골목을 차례로 돌아본다. 우후죽순 솟아 있는 연립 주택들과 저만치 산자락 아래 새로 들어선 아파트 단지가 수많은 세대들을 품고 있다. 이 골목 저 골목 다녀 보아도 어디 한 군데 문패가 달린 곳은 쉽게 눈에 띄지 않는다. 내가 초등학교 때만 해도 대문에 문패를 단 집들이 많았는데 이제는 대부분 숫자로 불리고 있을 뿐이다. 내 집 앞에 이르러 대문 기둥에 달린 남편의 문패를 가만히 쓸어 본다. 바람 끝에서 기억의 파편들이 퍼즐 조각처럼 살아난다.

신혼 방에 직장 동료들이 몰려왔다. 반딧불이 같은 눈들을 하고 어디서 깨가 쏟아지나 호시탐탐 기회들을 엿봤다. 그때까지만 해도 우리의 보금자리가 보호수 속의 둥지마냥 안전한 줄 알았다. 육 개월도 못되어 마른하늘에 번개 치듯 갑자기 집주인이 방을 비워 달라고 했을 때 처음으로 전세살이의 설움이 몰려왔다. 주인집 아들이 곧 결혼하게 되어 이곳 일층에 신방을 꾸며야 하니 가능한 빨리 방을 비워 달라 했다. 터무니없는 계약 위반이었다. 집주인의 위세가 어찌 그리 당당하던지 주말마다 갈

곳을 찾아 헤매다가 겨우 이사를 하였다.

애타게 마련한 이층의 독채 전셋집에서 섣달 그믐께에 아들을 낳았다. 창고로 연탄을 들일 때마다 숯검정을 묻힌 아저씨들은 오뉴월 바람벽에나 어울릴 것 같은 소리로 농을 던졌다. 얼어 자도 따듯할 신혼부부가 웬 보일러를 때냐고 짓궂은 우스갯소리들을 했다. 그렇게 한 해를 넘기고 나니 이번에는 집주인이 집을 팔았다며 한 달 안에 집을 비우라고 성화였다.

남편과 나는 맞벌이로 주말에나 시간 여유가 있었다. 아기를 시어머님께 맡기고 보름가량 동네를 누벼 이번에도 단독주택 이층에 독채 전세를 얻었다. 관악산이 한 눈에 내려다보이는 툭 트인 시원함도 잠시, 걸핏하면 일층에서 집주인이 번갈아 올라왔다. 이제 막 걷기 시작한 아이가 조금만 콩콩거려도 주인 아들이 왔다가고 다음엔 딸이, 그 다음엔 주인 내외가 차례로 문을 두드렸다. 그들은 첫마디가 늘 '없는 사람들이 대체 뭐 하기에…'란 수식어를 갖다 붙였다. 있는 척 온갖 교양을 눈부시게 드러내며 은근히 지르밟는 사람들의 볼품없는 우쭐함은 어딘가 진한 천박함을 풍겼다. 조금은 가소로웠지만 분노의 날개가 삐죽삐죽 솟구치는 느낌을 몰아내기는 힘들었다. 숨길 수 없는 내 집 마련의 오기가 시나브로 꿈틀거렸다.

이사 온 지 서너 달도 못 되어 전세 탈출이 모든 것의 목표가 되어 버렸다. 신축 아파트 모델하우스를 찾아 한겨울 안산 벌판을 헤매다 해질 무렵 길을 잃고 고립무원인 산속에서 공포로 눈물을 쏟았다. 차츰 어둑발이 덮여 갈 때 택시가 한 대 나타났다. 애초에 나를 그곳까지 태워다 준 기사였다. 아무래도 나올 길이 막막할 것 같아 되돌아왔다며 안산 전철역까지 태워다 주었다. 구사일생 은인을 만난 듯 연세 지긋한 분의 그런 배려가 없었다면 밤새 미궁 속을 헤매다 동사를 면키 어려웠을 것이다. 감사함에 택시비를 두 배로 지불해 드렸다.

결혼 삼 년 만에 드디어 인천 만수동에 내 집을 마련했다. 갓 지은 28평 신축 아파트가 내 생애 최초로 사들인 첫 번째 집이었다. 서울까지 남편과 나의 출퇴근길은 지난하기만 했다. 매일 아침 마을버스를 타고 10여 분을 달려오면 전쟁 같은 지하철 1호선이 우리를 맞이했다. 신도림 역을 거쳐 강남역까지 2호선을 갈아타는 일만 해도 벌써 진이 빠졌다. 어느 날 퇴근 후, 남편의 와이셔츠를 살피다 나도 모르게 한숨을 내쉬었다. 지옥철을 빠져나오느라 앞단추가 두 개나 떨어져 나가고 없었다. 이를 어쩌랴 싶었다. 삼 년간 필사의 투쟁이 시작되었다. 자수성가란 고달픈 길임을 뼈저리게 느껴야 했다. '목적 없는 생활은 맛이 없고, 목적 있는 생활은 번거롭다'는 헤르만 헤세의 말이 명언이란 생각은 그때나 지금이나 변함이 없다.

결혼한 지 6년째를 넘긴 새해 2월, 마침내 서울에 개인주택을 마련했다. 아파트를 팔고 이사를 오자마자 내가 처음 한 일은 남편의 문패를 맞춘 일이었다. 밝은 잿빛의 대리석 위에 검게 새긴 이름을 처음 보았을 때, 눈부심이 후광처럼 번져 나왔다. 형용할 수 없는 감격이 눈앞을 흐려 놓았다. 나는 문패를 안고 손바닥으로 닦고 또 닦았다. 어느 날 식탁에서 저녁을 먹던 남편이 흐뭇함에 취해 감격에 겨운 목소리로 한마디 했다.

"내가 이렇게 넓고 좋은 집에서 살게 될지 어떻게 알았을까!"

남편의 그때 표정을 나는 지금도 잊을 수가 없다.

봄이면 봄마다 어느 계절을 막론하고 우리는 해마다 정원에 나무들을 심고 가꾸었다. 본래 자리하고 있던 오래 묵은 향나무 두 그루는 그대로 둔 채 단풍나무, 주목, 살구나무, 대추나무를 심었다. 앵두나무, 복숭아나무, 엄나무, 보리수를 심고 그 뒤로도 진달래, 장미, 상록수, 황매화, 팥배나무 등 갖가지 나무들을 심었다. 틈만 나면 나뭇가지들을 곱게 자르고 새순들이 파릇하게 담장을 넘기면 싱싱함이 온몸 가득 번져 왔다. 잡다한 상념이 사라지고 뿌듯함이 넘쳤다.

지금도 외출했다 돌아올 때면 대문 기둥에 걸린 문패를 보는 것이 자랑스러워 한참씩 서서 바라보곤 한다. 마음의 얹힘이 사라지는 곳이요, 온갖 허기들을 온기로 바꾸어 주는 곳이어서 좋다. 세상의 그늘에서 온화한 햇살 속으로 나아가도록 만드니 가슴 따듯하고, 외로움을 정다움으로 곱게 물들이는 곳이니 편안하다. 작디작은 마음들이 무럭무럭 자라도록 지켜 주는 곳이요,

온갖 무게를 내려놓고 잔잔히 웃을 수 있는 곳이 문패 위에 있음을 깨닫곤 한다. 지난날 우리가 걸어온 삶의 여정이 거기에 진하게 배어 있음을 뒤돌아본다. 전세자금 팔백만 원이 우리의 전 재산이던 신혼 시절, 인생의 가파른 길 끝에는 넓고 환한 분지도 있음을 그때는 미처 알지 못했다.

뉘라서 이 어두운 세상을

우레를 동반한 빗소리가 심야의 귓속을 울린다. 하늘 가득 울리는 소리가 마치 눈앞을 질주하는 성난 기관차의 폭음 같다. 느닷없이 정수리를 훑고 저 멀리 사라졌다 일시에 되돌아온다. 천둥소리가 밤의 무법자같이 어둠을 뒤흔든다. 설문대할망의 지아비가 우둘투둘한 산맥들을 제멋대로 던져 놓고 성급히 지나기라도 하는 모양이다. 허공을 휘젓는 발 망치 소리 요란하다. 날카로운 섬광이 어둠에 잠긴 창밖을 단숨에 내리그으며 지나간다.

천지사방 빗줄기 소리 가득하다. 거대한 물의 오케스트라다. 박진감 넘치는 음률이 지면 가득 차고도 넘친다. 폭포 아래 좌선한 소리꾼의 귓바퀴처럼 양쪽 귀가 활짝 열린다. 온종일 화창함을 담아내던 낮의 얼굴이 자정을 지나 음산함을 쏟아내는 밤의 얼굴로 돌변 중이다. 요란한 뇌우를 동반한 채 동에 번쩍 서에 번쩍 채찍을 휘두른다. 능수능란 화려한 솜씨로 허공을 수놓는다. 잠잠함으로 물들어 가던 밤의 숨소리를 뒤집고 한밤중에 이렇듯 열광의 무대를 펼치고 있다. 거대한 관악의 산줄기들이 모두 일어나 맞불을 놓고 춤을 추듯 오늘밤 하늘의 조홧속이 요란하게 출렁거린다.

나는 평소 먼지잼이나 꽃비, 구슬비처럼 자질구레하게 내리는 싱거운 빗줄기를 즐기지 않는다. 미적지근해서 어딘가 감겨드는 느낌을 싫어하는 때문이다. 하여 오랜만에 장쾌하게 쏟아져 내리는 이 빗소리를 즐기려고 일부러 잠을 쫓는 중이다. 앞뒤 분간할 겨를 없이 굵고 세차게 쏟아지는 폭우가 좋다. 속이 시원하게 뻥 뚫리는 후련함이 반갑다. 지축을 흔들어 댈 듯 또다시 울리는 천둥소리다. 새벽을 가르는 빗줄기에 귀를 모으자니 자연현상의 신비로움이 새삼스럽게 다가온다. 밖의 소란이야 어쨌든 마음은 고요하다. 이 고요함 속으로 엉뚱한 생각들이 몰려든다.

조금 전까지 시끌벅적 돌아가던 마감 뉴스 화면이 떠오른다. 정치인들의 행태가 어딘가 명쾌하지 못해 꿉꿉하다. 잘나고 똑똑한 사람들이 제 편 가르기로 이전투구를 벌이는 모양새가 갈수록 가관 아닌가. 제 살 물어뜯기 아니면 남 흠집 내기가 대세다. 현인군자를 찾기가 오리무중인 세상이다. 진원이 불분명한 말들이 천리를 가고 그 사이로 번져 나는 말꼬리들은 연일 꼬리잡고 뱅뱅 돌기다. 여기서 꽝 저기서 꽝 좌충우돌 난장판이다. 거짓과 협잡, 온갖 삿된 것들이 판을 치며 아우성이다. 권력의 진흙탕 싸움에 뒤섞이지 않으려면 조금은 못난 구석이라도 있어야 하지 않을까 싶다.

치거니 받거니 마치 냄비 속처럼 부글부글 끓어 넘치는 판국이다. 협조나 협의라는 말은 어디론가 사라지고 각자 따로 놀기로 한 판 승부를 걸려고 한다. 내가 알던 이는 어제의 그가 아니다. 오늘의 그가 내일의 그도 아니다. 언제 어느 때 얼굴을 바꿀지 눈을 크게 뜨고 지켜봐야 한다. 사실이라는 말이 우스꽝스런 냄새를 풍기며 이리저리 둔갑술을 부려 댄다. 현란함 뒤에 숨긴 맨얼굴이 사악하게 다가오는 이유다. 덕망 있는 어르신을 뵙기가 요원한 시대다. 어쩐지 씁쓸한 일이다.

한 발짝 물러선 자세로 관전 포인트를 짚어 나갈 뿐이다. 우리네 같은 백성이야 물설고 낯선 바닥에 가타부타조차 언감생심이다. 그렇다고 창자까지 빼놓고 살지는 않으니 매의 눈이라도 부라려 보기는 해야 할 것 아닌가. 밟히면 밟히는 대로, 누르면 누르는 대로 사는 것이 누항의 백성은 아니다. 술에 술탄 듯 물에 물탄 듯 흐르는 대로 흐를지라도 발길 멈추는 곳이 분명해야 착지가 가능하다. 디딤돌이 푸석하면 머지않아 썩는 일만 남는다. 두엄냄새 풍기는 곳은 각종 잡균의 온상처가 될 뿐이다. 이런 판에는 아예 발을 들이지 않는 것이 상수다.

사라진 듯 멀어졌다 쿠르릉 꽝 머리맡을 울리는 한 밤의 천둥소리에 정신이 번쩍 든다. 불안을 야기하는 못된 바람꾼들의 비

열한 소리가 아니라 잘못을 바로잡는 조정(調停)의 울림이 이처럼 크다면 환영할 일이다. 어지러운 세상에 이 밤 거친 소낙비처럼 누군가 속 시원한 말씀 한 자락 포효하지 못함이 아쉽다. 북한산 입술바위처럼 두툼한 입술로 세상을 향한 묵직한 각성의 소리를 듣고 싶다. 그리하여 허둥대는 만인의 발길 위에 안온한 빛처럼 퍼져 내리면 좋으련만 소망에 그칠 뿐이다.

뉘라서 이 어두운 세상을 목청껏 울어 줄까나. 시대를 밝히는 자 하나 우렁우렁 오늘밤 천둥 같은 소리로 울어 준다면 우리는 기꺼이 그에게로 가 충실한 곡비가 되어 줄 텐데 아쉬움만 남는다. 억수같이 퍼붓는 저 캄캄한 등성이 너머로 환한 햇살처럼 나부끼며 걸어오는 그가 있다면 누군들 말려도 나는 순한 백성으로 돌아가리라.

초가을

마른 풀잎이 숲의 기운을 서서히 펴 나르고 있다. 여름내 청정하던 잎사귀들은 치닫던 열기를 누르느라 미열을 앓는 중인지 모른다. 진즉에 마음을 놓아 버린 것들은 달빛 같은 얼굴을 하고 휘우듬한 몸짓이다. 자칫 방심인 것들은 더하여 은근한 감빛을 내비친다. 본래 날것 냄새는 들뜸이 제 멋이고 삭힘 향기는 침전이 제 맛이다. 물들인다는 것은 그래서 아름답다.

스산한 바람이 얼굴을 스친다. 아카시나무 앞섶을 흩어져 내리는 이파리들은 사라진 언약처럼 가볍고 누군가의 야윈 어깨를 떠올리게 한다. 홀로 있음이 호젓한 게 아니라 조금은 쓸쓸함을 부른다. 잠시 멀어져 간 사람들의 따스한 손길을 그리워하게 만든다. 발등을 구르는 잎새 하나, 저만치 불려 간다.

가끔은 치열하지 못한 것들이 서글퍼 보일 때가 있다. 그늘 속에 움츠리듯 핀 한 떨기 꽃이 그러하고 반쯤 영글다 숨을 놓아버린 뭇 열매들이 그러하다. 무언가를 위한 질주를 제대로 펼치지 못하는 것들은 미온적이고 불완전하다. 열망을 품어 보지 못해 엉거주춤 제 자리를 지키고 있음은 얼마나 눈시울 뜨겁게 하는가. 끝이 어디인가를 가늠하지 못 할 때의 막막함이란 차라리 아픔이다. 내게도 지나온 한 시절이 먹먹하게 흘러갔음을 되짚으며 숲길을 오른다.

산 중턱에 자리 잡은 산사의 텃밭이 정갈하다. 누군가 그새 다녀간 손길이 싱싱한 무청을 지나고 한껏 벌어진 배추들은 경전을 펼친 듯 장엄하다. 포기마다 음전한 비구니마냥 묵상에 잠겨 있다. 허튼 마음으로 작물의 품새나 훑고 서 있는 속인을 나무라듯 바람 한 자락 고스란히 귓가에 경을 읊는다. 허실되게 살아온 날들에 채울 것 없음이 낯부끄러워 은연 중 매무새를 고쳐 잡는다.

모퉁이를 돌면 이전과 다른 무엇이 반색이나 할 듯 살아가는 일상에 열성을 받쳐도 보았다. 속도를 높이고 돌부리를 차대며 먼지를 일으켜 본 세상의 복판은 한사코 벽이었다. 경적을 울리며 달려가는 앞차의 뒤끝을 따라가기란 뱃심으로만 되는 것이 아님을 어찌하랴. 그렇다고 추월과 변속만이 다는 아니어서 그 통에 얻어낸 것이라곤 지근거리는 두통 앓기가 다반사였다. 삶에는 가끔 복병이 자리하고 있음을, 울퉁불퉁 매끄럽지 아니한 것들이 변죽을 울려 댈 줄 누가 알았겠는가. 그때의 달갑지 않음을 맞받아치고 날밤을 지새우며 쓴맛을 삼키다 보니 어느덧 중년고개에 이르렀다. 인생의 묘미를 조금은 알 것 같은 나이다.

골짜기를 거슬러 올라오는 바람받이 언덕의 중간에 해묵은 느티나무가 서 있다. 균형과 조화가 숲의 제왕처럼 오래된 산사의 위용을 늠름하게 떠받들고 있다. 수만 개의 잎들을 매단 채 가지를 펼친 모습이 장관이다. 바라보기만 해도 세월의 무게에 경탄을 금할 수 없다. 동편으로 금빛을 물들이기 시작한 이파리들이 불현 듯 내 속을 꿰뚫는다. 지금껏 네가 걸어온 길들이 펴 올린 빛깔은 어디 메쯤이냐 묻는다. 설익은 우문이 잠시 명치 끝 어딘가로 날아든다. 한참 뒤에야 돋아난 말을 뽑아들고 읍소한다. 달빛과 금빛, 옅은 감빛을 버무린 어줍은 빛깔이라고.

어디를 둘러봐도 여기쯤이 내게 어울리는 높이라는 생각이 든다. 팔봉 능선이 코앞이건만 반세기를 지나온 인생의 높이라고 해서 굳이 정상을 고집할 필요는 없다. 저 먼 봉우리까지 가지 않아도 거친 내면을 씻어 내기엔 여기가 안성맞춤이다. 가을빛이 내려앉기 시작한 산사를 성큼 비켜나 절벽을 등진 바위 등성이에 자리를 잡는다. 이 험난한 산의 칠부 능선 중턱에서 바라보는 까마득한 도심은 우중충한 회색이다. 저토록 울울하게 들어찬 빌딩 숲에서 기진맥진하지 않은 채 지금껏 살아 낸 것만 해도 대견한 일이다. 돌아보건대 삶이 데리고 간 자리마다 눈물 배인 곳에서 웃음도 함께 따라왔다. 울음과 웃음이 한 끗 차이라는 것이 놀랍기만 하다. 이즈막에 발견한 새로운 명구마냥 슬며시 미소가 감돈다.

어디선가 솔잎 향이 은은하게 번져 온다. 서서히 메마르는 숲의 향기를 따라 심호흡으로 폐부를 가득 채운다. 신체의 이완이 마음의 여유를 되찾아 준다. 눈을 감고 뼈마디 굴곡을 따라 빗장을 연 치유의 숨길에 호흡을 고른다. 몸과 마음의 장단을 모두 내려놓고 깊어 가는 계절의 흐름 속을 자유롭게 유영해 본다. 시공 너머로 먼 산맥들의 이음새가 조용히 가라앉아 있다. 편안하다.

내게 인생이라 불릴 만한 시기들이 크고 작은 파고처럼 지나고 있다. 쉼 없이 달리다 맞이하는 유유자적이 한가로운 이유다. 등피에 와 닿는 햇살 한 줌이 소중한 하루다. 비탈을 내려오니 뒤늦게 대궁을 올린 꽃 한 송이가 숲을 환하게 밝히는 중이다. 연보랏빛 얼굴에 빙그레 눈웃음을 보낸다. 최선을 다해 밀어 올린 향기의 끝에서 치열함을 읽는다.

발길을 옮기다 문득 바라보니 무질러 앉았던 절벽 언저리 아래로 색 고운 이파리들이 펼쳐지고 있다. 어느 날 흔들리다 지친 내 꿈들도 저리 물들어 가면 좋겠다. 내 비록 오늘은 어줍은 빛깔일지라도 언젠가는 고운 선홍빛으로 익어 가리. 물들어 간다는 것은 아직 살아 있음이다.

생명의 불꽃

부지런하게 살아도 가끔은 게으르기 마련이다. 맹추위가 내려앉은 이른 아침이다. 따듯한 이불속에서 발을 빼기가 싫다. 그저 차가운 골짜기 어느 겨울아침의 눈꽃이나 길 잃은 고라니의 애틋한 눈망울을 들여다보고 싶어진다. 아무도 가지 않은 눈길 저만치에 자그마한 옹솥이 걸린 산막이나 투박한 돌담 너머로 무청시래기 언뜻 보이는 그 집 주인과 눈인사를 주고받길 원할 뿐이다. 실없는 공상이 무거운 닻을 내리기 전에 몸을 일으켜야 한다. 하지만 아늑한 자리가 발목을 붙들고 놓아 주질 않는다. 깊은 심호흡으로 눈을 감는다.

바로 그때였다. 요란한 새소리가 창밖을 울린다. 평소처럼 라일락 가지 끝을 출렁이고 날아와 앉은 조막만 한 새의 발랄한 음색이 아니다. 어느 뒤엉킨 탱자나무 가시에 급작스레 찔린 듯 날카롭고 급박한 울음이다. 하, 참 이상하다. 마치 비명처럼 들리지 않는가. 눈을 번쩍 뜨게 만든다. 왜 저러나 싶지만 운주사 와불마냥 꼼짝 않고 누워 가만히 귀만 기울인다. 유난히 예민한 청력 탓이려니 하고 잠시 양미간을 찌푸리고 있다. 고요한 아침

창가로 옅은 바람소리만 먼 기억처럼 흘러간다.

잠시 뒤 현관문을 밀고 나와 계단을 내려가 보니 눈앞이 어수선하다. 일층에 자리한 큰 화분 앞을 지나 텃밭 언저리까지 하얀 깃털이 여기저기 널려 있다. 빳빳한 날개깃 몇 개와 뽀얀 솜털이 뒤섞여 나뒹군다. 뭔가 새 한 마리를 낚아 사라진 모양이다. 새들의 혈투인지 혹은 도둑고양이가 못된 짓을 벌인 것인지 알 수가 없다. 아무튼 정원 한 구석에서 먹이를 노리는 약육강식이 순식간에 벌어진 게 틀림없다.

나무들 사이를 샅샅이 훑어보고 집을 한 바퀴 빙 둘러 뒤란까지 살펴보아도 별다른 자취가 없다. 골목을 돌아 나오다 우연히 하늘을 보니 정원 오른편의 묵은 향나무 가지 끝에 작은 깃털 하나가 용케 걸려 있다. 삼층으로 올라와 안방 창문을 열고 저만치 서있는 향나무를 유심히 살펴본다. 우람한 나무의 우듬지는 무성한 잎에 가려 아예 보이지 않는다. 여린 깃털 하나만 무심한 산사의 처마 끝 풍경처럼 바람에 흔들리고 있다.

까닭 모를 연민이 불쑥 고개를 든다. 숲의 언저리를 돌아 생명의 불꽃을 품은 작은 새 한 마리가 허공을 건너 여기까지 이르렀을 때에는 아름다운 비상을 꿈꾸기도 했을 것이다. 살얼음으로 목을 축이고 하루치 목숨을 보전하기 위하여 긴 날갯짓을 수없이 파닥이며 날아올랐을 게다. 어미 곁을 떠나 긴 밤을 지새운 날의 기억으로 잠시 방심했던 탓이었을까. 아니면 쉽사리 잡히지 않는 제 나름의 골똘한 생각으로 민첩함을 잃었단 말인가. 목숨을 향한 애착으로 타올랐을 몸짓이 가여웠을 테니 떠나는 것들의 뒤태는 엄연한 슬픔이다.

세월의 빛을 머금고 서 있는 향나무는 요지부동이다. 온기 잃은 허망함만이 가지 끝을 맴돌고 있다. 사라짐이 내걸린 시간 앞에서 생명의 유한성을 생각하지 않을 수 없다. 살아 있다는 것은 어딘가 말로는 표현할 수 없는 비장함을 숨기는 일이다. 바람결에 사라진 새의 울음소리에도 마음으로 읽지 않으면 누구도 짐작하지 못할 한순간의 아우성이 응고되어 있었다. 옹알이가 아닌, 가슴 속 저 깊은 곳의 외침처럼 귀를 자극했다. 위험을 알리는 급박한 메아리에 쉽사리 몸을 일으켰더라면 어여쁜 새 한 마리가 지금쯤 창공을 날아올라 멋진 선회의 기쁨을 맛보고 있었을지도 모른다.

세상에 존재하는 만물 가운데 번식의 쾌락을 놓지 못한 것들의 후손으로 살아가는 일은 어느 것 하나 고통 아닌 것이 없다. 하찮은 미물부터 인간에 이르기까지 제각각 다른 이유로 힘겨운 싸움을 벌인다. 생명을 유지하는 일이란 늘 적잖은 각오를 필요로 하지만 무방비의 평화 상태에서 마주하는 위험은 예고가 없다.

초원을 호령하는 맹수들의 왕, 사자의 목숨을 앗아 가는 것도 들소나 날렵한 호랑이만이 아니다. 때로 눈곱재기만 한 하루살이다. 곤히 잠든 사자의 콧구멍으로 날아든 하루살이 떼가 숨구멍을 막아 졸지에 질식사하는 것이다.

평화로운 날들 속에서는 작은 오목눈이나 박새 한 마리쯤 울고 지나가는 것은 무심한 일일 뿐이다. 지루하리만큼 단조로운 시간들은 일상의 아름다움을 잊게 만들기 십상이다. 그러나 무언가가 우리의 뇌리를 칠 때 그것은 사건을 넘어서는 놀라움이다.

느닷없는 미얀마 쿠데타가 일어난 지 벌써 오랜 시간이 흘러갔다. 어느 뉴스를 보니 한 여인이 쿠데타 반대 시위로 인해 숨진 남편의 시신을 부둥켜안고 오열하고 있다. 그는 단지 민주주의를 원했을 뿐인데 비참한 죽음으로 되돌아왔다고 흐느낀다. 사무치는 울음소리가 늑골 사이를 파고든다. 우리의 흘러간 시간들이 똑같이 되풀이되고 있는 지구 저 편, 분별없는 폭력의 현장이 가슴을 아프게 한다.

인간의 존엄을 짓밟고 성장하는 역사는 굴절과 왜곡으로 뒤덮일 뿐이다. 자유를 향해 불꽃처럼 내던져진 비장한 생명이 그에 상응하는 희생의 가치를 지닐 수 있기를 바란다. 무소불위의 권력이 세상을 좌지우지하는 듯해도 머잖아 열두 개의 바늘방석을 깔고 앉아 있는 것처럼 불편한 세월이 닥쳐 올 것이다. 울음소리 짙은 곳에 발설되지 못하는 진실이 있다는 것은 무서운 일이다.

하고잡이

해가 바뀌어 어느 재벌그룹 회장이 신년사를 발표했다. 위기를 기회로 활용하고 끊임없는 진화와 혁신을 통해 압도적인 창출을 요구했다. 이를 위하여 '하고잡이'형 글로벌 인재로 거듭나고 절실함으로 무장해 줄 것을 당부했다. 여기서 하고잡이란 뭐든 하고 싶어 하고 일을 만들어서 하는 '일 욕심 많은 사람'을 가리킨다. '일 중독자'를 갈음하는 우리말이다.

이 기사를 보는 순간 일전에 어느 분이 지나가듯 했던 말이 생각났다. 요즘 애들은 방청소를 하도 안 해서 부모가 날마다 치워 주지 않으면 쓰레기통 같다는 말이 떠올라 웃음이 절로 나왔다. 그들은 하고잡이와는 반대로 덜하고잡이가 아닌가 하는 생각이 들었기 때문이다. 동시에 어떤 정치인이 썼다던 시가 머릿속에서 솟아올랐다. 오래전 기억이라 정확한지는 모르겠다.

일자무식 내 어머니는 부지런하다

고등교육을 받은 내 아내는 조금 게으르다

대학을 졸업한 내 딸은 많이 게으르다

아마도 이런 정도의 내용을 담고 있었던 것 같다. 배울수록 게으르단 얘기다. 타고난 천성이 그렇지 않은 바에야 덜떨어진 사람들도 아닐 텐데 왜 그럴까.

이유는 간단하다. 스마트 폰 봐야지, 컴퓨터, 게임, 취미생활, TV 시청, 여행, 멋 내야지 등등…. 할 일이 있건 없건 제 나름대로는 꽤나 바쁘다. 때로 일 같지 않은 일들이 의식을 잡고 늘어진다. 세상은 복잡하고 배워야 할 것은 많다. 남들에게 빠지지 않으려면 웬만큼은 따라가야 하니 어쩔 수 없다. 실상 따지고 보면 꼭 하지 않아도 되는 일에 발을 담그고 있으니 시간이 부족한 셈이다. 대개는 자신도 모르게 그런 일들을 붙잡고 있다. 별다른 의식 없이 거기에 잠겨 있다. 그럴 만한 소득이 있다면 모를까 별 볼일이 없다면 문제는 문제다.

솔직히 말해 나도 언제든 덜하고잡이가 되고 싶다. 그렇다고 게으름뱅이가 되고 싶은 건 아니다. 다만 결혼과 더불어 원치 않는 하고잡이가 되었다. 결혼생활을 유지하자면 하고 싶지 않아도 해야 될 일과 만들어서 하지 않아도 꼭 해야 될 일은 늘 쌓여 있지 않은가. 놀아도 논 것 같지 않고 쉬어도 쉰 것 같지 않은 상태가 몸과 마음을 피곤하게 만든다. 일일이 가족들 눈치를 봐야 하고 무언가에 얽매이고 하는 것들이 '텅 비어 있음에 대한 목마름'을 가중시킨다. 그러니 산이나 들에 있을 때가 심적으로 가장 편안하다. 그것도 홀로 있을 때 가장 편안하다. 내 자신을 자연인의 상태로 마음껏 방목해 버리고 싶은 충동이 항상 잠재해 있다.

지금까지 나를 위한 하고잡이가 되어 본 적 있었을까. 누군가를 위해서가 아닌 오롯이 나만을 위해서 말이다. 물론 절실하면 시키지 않아도 하게 되는 경우도 있다. 엄밀하게 따지면 그것도 진정한 하고잡이는 아니다. 순수의지가 결합된 자발성이 아니라면 어느 정도의 무의식적 강제성을 포함하고 있기 때문이다. 기업이 내세우는 하고잡이도 절대적인 개인 의지의 반영이라고 할 수는 없다. 기업가의 요원한 바람일 뿐이다.

하고잡이가 된다는 건 만사를 제쳐 놓고 집중할 수 있을 때 가능하다. 어느 분야에서든 시시각각, 분분각각을 다투는 사람이라면 적어도 그 순간만큼은 해야 할 일에 최선을 다해 열중하고 있음이 분명하다. 이 경우 몰두라는 말이 어울릴 성싶다. 적당히, 때때로, 혹은 가끔이라는 말을 멀리한다. 그러니 전문성을 키우는 일이요, 많은 시간을 요하는 일이다.

수십 년 같은 일을 하고도 무엇인가에 전문가가 되지 못했다는 건 평소 우리가 덜하고잡이였음을 말하여 준다. 굳이 하지 않아도 될 일에 너무 많은 시간을 빼앗기거나 그럭저럭 삶을 영위해 왔음을 일러 준다. 힘든 일이라면 요리조리 피해 다니는 꾀쟁이였거나 뚜렷한 목표치가 없었거나 건성이어서 눈앞의 일을 그때그때 미봉책으로 일관했을 수도 있다. 혹은 스스로 기대치를 낮추었거나 끈기와 인내를 요하는 일에 자신을 불태워 어떤 성취감을 느껴 보지 못한 경우일 수도 있다. 그런 의미에서 기업가가 원하는 하고잡이란 반은 미쳐야 한다는 말과 가까운지도 모른다. 대개 전문가의 반열에 오른 사람들은 알게 모르게 희생시킨 부분들도 적지 않을 것이다. 명예와 영광 뒤에 숨은 그늘도 헤아려 봄직하다. 그런 의미에서 덜하고잡이야말로 스스로를 위한 진화와 혁신이 필요한 게 아닐까.

누군가는 하고잡이가 되어 뚜렷한 족적을 남기지만 대개는 덜하고잡이가 되어 그저 평범하게 살아간다. 어느 쪽이 더 행복할지는 몰라도 한 번쯤 짚어 볼 일이다. 생각하면 하루는 길고 내일은 더 길다. 남아 있는 날들도 짧거나 혹은 길다. 아직도 창창할 것 같은 나머지 인생을 위해 나는 어떤 하고잡이가 되어야 하는 걸까.

숲의 정경

관악산 계곡을 거슬러 오른다. 봄비가 두어 차례 지나간 뒤라 바위 사이를 지나는 물소리가 경쾌하게 울린다. 사월 숲은 하루가 다르게 풍성해지고 있다. 봄기운이 선명한 연둣빛 잎새 사이로 하얀 산벚꽃이 화사한 모양새를 이룬다. 낙엽을 들추고 고개를 내민 작고 여린 새순들의 제각각 다른 형태도 감각적이다. 적당히 물기를 빨아들인 흙이 발자국의 촉감을 부드럽게 흡수해 준다.

물길을 가로지르는 다리를 지나 인적이 드문 학고개로 들어선다. 지그재그 가파른 계단을 숨이 차도록 거침없이 오른다. 그 끝에 조붓한 산길이 이어지는 이곳은 한적함을 즐기는 이들이나 찾아드는 곳이다. 숲속 어딘가에 학의 모양을 닮은 학바위가 있다 하나 아직껏 본 일이 없다. 오가는 이도 별로 없는 이 넓은 숲속에서 어차피 무언가를 찾는 일은 요원하다. 그저 숲과 혼연일체가 되면 그만이다.

아무 생각 없이 이십 여분 걸어 들어오면 아, 참 신선하다. 편안한 산길 아래로 넉넉한 숲이 펼쳐진다. 어느 방향으로도 봉우리가 보이지 않으니 아늑하다. 푸른 하늘과 이따금 스치는 바람과 총총하게 돋아나기 시작하는 나뭇잎들뿐이다. 물오른 줄기들은 나긋하고 빛살이 머무는 공간에는 찰랑대는 경이로움으로 가득하다. 그저 선한 의지만이 남는다.

발길을 우뚝 멈추면 성장의 속도를 느낀다. 일주일 전의 숲과 확연히 다르기 때문이다. 손톱만 하던 나뭇잎들은 어느새 크기를 가늠하게 되고 하늘이 훤히 내다보이던 면적도 조금씩 답답해지는 중이다. 만일 인간이 크는 속도가 이리 되면 어쩌나 싶다. 봄, 여름, 가을, 겨울 사계절 안에 모든 생로병사가 이루어진다면 말이다. 태어나서 일 년 안에 인간의 전체적인 성장 곡선이 종지부를 찍게 된다면 지금보다 나아지는 것이 있을까. 아마 역사나 추억, 양식이나 경험 따위는 미미해지고 더 급급한 무엇에 쫓기듯 달음질을 쳐야 하는 상황에 내몰리게 될지 모른다. 그러니 인간에게 적절한 수명이 주어졌다는 것은 신의 한 수가 아닐 수 없다. 지나치게 오래 살지만 않는다면 말이다.

엉뚱한 생각을 접고 약수터를 지난다. 밀어내듯 쏟아지는 약수 소리에 어디선가 흡족한 웃음소리가 들려오는 것만 같다. 숲의 정령들이 뿌리를 깨우듯 기운찬 생동감이 땅속을 통해 흘러넘친다. 낙엽이 들썩이듯 은은한 냄새와 싱그러운 숲의 향기가 뒤섞여 흐른다. 가다 서다 봄 산의 정취에 취해 흐뭇함이 차오른다.

울멍줄멍한 비탈길로 향한다. 고갯마루에서 빛살이 넘어 들어와 바닥을 수놓는다. 빛과 그늘이 교차되는 곳에 시선이 머문다. 이제 막 피기 시작한 산철쭉 몇 송이가 우아한 모습을 드러내고 있다. 진달래가 지고 난 뒤 깊은 산속에서 이맘때쯤 만나게 되는 산철쭉은 내가 특히 좋아하는 꽃이다. 봄꽃의 왁자한 느낌을 벗어나 호젓한 기분을 던져 주기 때문이다. 꽃은 꽃이로되 드문드문 간격을 이루며 싱싱한 초록 잎사귀 위로 연한 빛깔을 얹는 것이 큰 매력이다.

무너미 고개에 이르러 숨을 고른다. 골짜기를 타고 아래쪽에서 올라온 서늘한 바람이 한 순간에 모자를 날려 버린다. 고개만 넘어서면 물길이 넓게 퍼져 흐르는 곳이니 학고개 숲 안의 안온한 분위기와는 다르다. 개방적이고 활달하다. 이를 증명이나 하듯 서너 명의 등산객들이 삼막사 능선을 타고 내려와 힘차게 지나간다. 그 발길에 채여 조그만 돌덩이가 골짜기 아래로 구르는 것이 보인다.

그들의 중량감이 사라진 뒤에 천천히 고개를 넘어선다. 작은 낭떠러지 표면에 원추리 새순과 제비꽃이 한 뼘 사이로 봉긋 솟아 있다. 그것도 인연의 고리들이 얽혀 있음인지 반가움을 자아낸다. 숲을 이루는 나무와 풀, 잡목 하나까지 어느 것이나 인연 아닌 것이 어디 있을까 싶다. 하필 그 나무 곁에 그 잡목이 왜 비스듬히 서 있는지, 골짜기를 내려와 계곡물 흐르는 소리에 귀 기울이는 나 또한 인연이다. 오늘 이곳에 서있는 이 순간마저도

찰나의 인연이다.

부드러운 물길을 내고 있는 바위 곁에 자리를 잡고 앉는다. 중천의 햇살이 얕은 물 위에 부서질 듯 눈부시다. 물속에 잠긴 크고 작은 돌멩이들이 적당한 무게를 드리우고 바람이 귓전을 흔들고 지나간다. 누구의 솜씨일까. 수면 가장귀에 멈춰 선 몇 장의 꽃잎들이 가볍게 떠다닌다. 이 또한 담백한 조화다. 확 트인 공간과 푸른 하늘, 빛나는 햇살과 적당한 그늘, 풋풋함으로 차고 넘치는 숲의 향기까지 감미롭다. 흐르는 물결 사이로 머릿속이 개운하게 헹궈지는 느낌이 신선하다. 욕심이 사라진 무념무상의 고요한 흐름이 좋다. 사월의 숲은 지금 생명의 기운으로 가득하다. 온전한 축복 가운데 있다. 고요히 머물러 사라지고 말 시간 속을 유유히 걷고 있다. 참으로 다행이다.

돌탑

숲속 골짜기, 작은 삼거리에 이르러 문득 걸음을 멈춘다. 한동안 잊었던 장소에 발길을 들이니 그동안 누군가 정성껏 제 손길을 얹어 놓았다. 물길을 잡아 주는 시멘트 수로 위의 길쭉한 외나무다리 건너편에 돌탑 두 개가 마주 보고 서있다. 내 키를 서너 뼘 넘긴 꽤 웅장한 크기다. 심심풀이로 쌓았다고 하기엔 지나치게 정교한 것과 대충 구멍 담을 쌓듯 얼기설기 얹어 놓은 것이 대조를 이룬다.

왼쪽 것은 첫눈에 보아도 첨성대와 판박이다. 밑단이 항아리처럼 불룩하게 올라가다가 중간에 살짝 허리를 조이듯 해서는 일정한 넓이로 원형의 오름세다. 꼭대기를 평평하게 마무리해서 둥그스레한 검은 돌로 탑 상투까지 마무리를 지은 것이 그 솜씨 한번 기막히다. 대체 누구의 손끝인지 야무지기로는 어느 이름난 공예장이 못지않다. 크고 작은 납작 돌을 벽돌처럼 둥글게 엮어 나간 것하며 빈 공간을 받쳐 주는 작은 고임돌조차 어느 것 하나 밖으로 불쑥 삐져나온 것이 없다. 시작부터 끝까지 흐트러짐 없는 조임이 안정감을 준다. 처음으로 돌을 쌓아보는 이의 갖은 정성이랄까, 아니면 꽤나 다루어 봤음직한 이의 능숙함이

랄까. 빈틈없는 손길이 마음을 사로잡는다.

'한 천재의 눈이 만인의 눈을 대신 한다.'고 했던가. 오며가며 고요한 눈길을 환하게 던질 줄 아는 이 몇 있었던가 보다. 촘촘해 보이는 틈으로 잣대토막 같은 길고 가는 돌을 가로로 삐죽이 끼워 놓았다. 그 좁은 면적 위에 작고 납작납작한 돌을 켜켜이 얹어 작은 촛대처럼 탑신을 세워 두었다. 우람찬 등걸에 새 가지 돋아난 듯 여리게 솟아 있다. 완벽해 보이는 견고함 사이로 누군가 제 작고 시린 소망 하나 간절히 얹었나 보다. 이런 형태가 대여섯 개나 옆구리를 뚫고 밖으로 돌출되어 있다. 가냘픔이 슬며시 어우러져 묘한 아름다움을 불러일으킨다. 심안의 한 구석을 뚫고 자그마한 미소가 절로 번져 나온다.

그와는 반대로 마주 보는 오른쪽 돌탑의 모양새는 아무래도 수상쩍다. 한 눈에 보아도 대충대충 얄궂기만 하다. 아랫단이야 흔하디흔한 돌담불마냥 듬직해도 위로 갈수록 왜 이리 설렁설렁한가 말이다. 막걸리 서너 잔에 걸판지게 취권이라도 날렸단 말인가. 바람난 헛돌 사이로 추임새 꽤나 드나든 양 들쑥날쑥 제멋대로다. 무너질 듯 엉성하게 위를 향한 오름세가 용할 정도이다. 이 도령 춘향이 훑어보듯 사방 뒤태까지 샅샅이 보아도 과연 이 둘을 한 사람이 쌓아 올린 솜씨라 해야 할지 의문스럽다. 그때 느닷없이 머릿속을 비집고 떠오른다. 어디선가 만일 돌탑이 두 개면 하나는 암탑이요, 다른 하나는 수탑이라던 글귀가 말이다. 아하, 그렇구나. 허면 어느 쪽이 암탑이고 수탑은 또 어느 쪽인고.

빈 구석이 많기로야 얼렁뚱땅 오른쪽이 우세하다. 헌데도 누구 하나 조그만 기원을 얹어 볼 눈길조차 주지 않았던가 보다. 겨우 제 몸 하나를 위태롭게 가누고 있을 뿐이다. 대체 어느 것이 고임돌인지 헤아려지지 않을 만큼 두루뭉술한 갖가지 형태의 돌들이 서로의 몸을 기댄 채 하늘을 향해 기우뚱 올라서 있다. 높이로는 왼쪽과 쌍벽을 이룬다. 허술한 것이야 본래 태생이 그러하니 전혀 아랑곳하지 않는다는 품새다. 어차피 한번 사는 인생인데 뭐 그리 재고 있나. 지그재그 신나게 한번 흔들어 봐야지 하는 호탕한 놀량패 같다. 느긋한 풀림의 매무새가 제법 만만해 뵈는 것이 친근하기도 하거니와 되레 넉넉하게 느껴진다. 무너진 성벽 귀퉁이처럼 바람구멍 숭숭 뚫린 자세가 보면 볼수록 편안하고 공연스레 좋다.

빈틈없는 야무짐과 느긋한 풀림이 마주하는 숲의 기운이 왠지 아늑하고 어딘가 조화롭다. 삶의 묘미가 있다면 바로 이런 것이 아닐까. 어울리는 남녀의 조합은 더더욱 그러할게다. 퉁길 듯 팽팽함은 여유롭지 못하고 지나친 허술함은 긴장감이 없다. 이것과 저것의 맞물림이 적당히 돌아가야 살가운 맛이 생겨난다. 생기란 곧 받아들임이 빚어 내는 일종의 윤기나 다름없다. 빛나는 것들은 알게 모르게 이런 드나듦의 숨길을 버무려 가며 융통성을 단단히 거머쥐고 있다. 남자와 여자 사이의 무궁무진한 조화 속이 용트림하듯 어긋남은 그 적절함을 어느 정도 찾지 못했기 때문이다. 지혜의 발현이란 아마도 그럴 때 찾아지는 것이 아닌가 싶다.

느긋함이 여유로워 보이는 것도 실은 풀릴 대로 풀리지 않았을 때이다. 풀림이 도를 넘기면 헤프다는 인상을 주기 마련이다. 그러니 따지고 보면 적당함을 아는 것만큼 힘든 일도 없다. 적당함의 기준을 어디에 두고 있는지는 각자 천차만별이니 그게 문제다. 우수한 남녀의 조합이란 서로 기대어 서서 부족한 부분을 채우고 어루만져 품는 데 있는 것이 아닐까.

풀숲에 앉아 전혀 다른 두 개의 돌탑을 바라본다. 아무리 봐도 인생의 경륜을 제대로 아는 자의 지극한 솜씨가 아닐 수 없다. 닫힘과 열림의 자세가 맺음과 풀림, 그 맞수의 요령까지 무심히 일러 준다. 하여 암탑과 수탑이 어느 쪽이든 굳이 상관하지 않기로 한다. 둘 사이의 이물스러움을 걷어 내고 조화를 얻어 내는 것이 상생의 이치임을 깨달을 뿐이다. 오늘 하루, 마주 보는 두 탑의 생김새가 삶의 운영에 관한 반면교사다. 사물의 조화속이 던져 주는 말없는 새김이 뚜렷하게 다가온다. 하늘 끝에 한 줄기 흰 구름이 시원스런 자락을 펼치고 있다.

Chapter 빼꾸기 우는 여름

4부

Chapter

뻐꾸기 우는 여름

4부

뻘배의 노래

여자만의 동트는 갯벌은 풋각시의 얼굴만큼이나 싱싱하다. 부지런한 갯것들은 벌써부터 잰걸음 중이다. 숨구멍 사이로 햇살이 스미면 마을 아낙네들은 단장을 시작한다. 매질당한 삭신마냥 밤새 쑤시던 몸도 조금은 가볍다. 겹겹이 몸을 둘러싼 옷들이 두툼해지면 그 위에 장화복까지 꿰어 입고 길을 나선다.

뻘밭 위로 불어오는 바람은 집 나간 난봉꾼을 둔 여인네의 가슴 속처럼 스산하다. 빙하기 너머의 골바람이 그러했거니 싶어 등골이 시리다. 하필이면 질척한 땅뙈기가 한평생 살아가는 밑천인지 애꿎은 밀물만 타박해 본다. 천둥벌거숭이로 태어나 들머리 쳐든 한 조각 판자에 생애를 걸게 될 줄 누가 알았을까. 요행히 선뜻 제 몸 내어 줄 눈 먼 꼬막에 기대를 걸어 볼 양으로 아낙들은 오늘도 납작 엎드려 운행을 시작한다. 왼다리 꺾어 얹은 채 오른다리로 물결 잘박대는 여자만을 헤집고 앞으로 나아간다. 뻘고랑에 물길을 내며 가는 행렬은 부지런한 자벌레들의 행진과 닮아 있다.

작업장에 도착하면 긴 꼬막채를 뻘배 옆에 끼우고 지그재그로 진흙 밭을 훑어 나간다. 채끝으로 밀려나온 찰진 흙은 다시 두

다리 사이로 짓이겨지고 양팔로 뻘배를 미는 동작은 차마고도의 순례자들보다 더한 오체투지를 연상시킨다. 오래 멈추면 몸이 빨려 들어갈 수도 있으니 쉼 없는 뻘질만이 살길이다. 그 모습을 멀리서 지켜보노라면 어쩐지 사는 일이 갸륵해 가슴속이 뭉클해 온다. 곧은 다리로 땅을 딛고 서 있는 일조차 죄스러워 절로 숙연해지는 것이다. 아낙네들은 끊어질 듯 허리가 아파서야 잠시 몸을 곧추세우고 걸려든 꼬막을 털어 낸다. 만만찮은 무게가 팔과 어깨 근육 속을 파고든다.

밤새 밀물에 젖어 수압을 견뎌 낸 뻘밭은 이 부산하고 억센 발길질을 받아내느라 찰진 몸을 되착인다. 고된 하루를 살아내야 할 여인들의 지극한 움직임에 겨워 지난밤 면벽수도로 일군 제 고요를 저잣거리 펼치듯 게워 놓는다. 아무리 모질다, 모질다 하여도 갯물에 절벅대는 여인들의 긴긴 한숨소리를 담지 않고는 배길 도리가 없다. 발끝부터 용을 쓰다 뱃구레를 질러 토해 내는 잦은 소리는 짠 내를 삼킨 반 울음소리로 뭉쳐 있다. 이 세이렌의 노랫소리 같은 숨소리에 홀려 맥을 못 추던 참꼬막들이 넋을 놓은 사이 꼬막채에 걸려들고 만다.

차가운 바람이 불어야 제 맛을 내는 꼬막은 만월 때가 되어야 산란한다. 밀물이 가장 높이 차올라야 부드럽게 스미는 달빛 아래 몸을 푼다. 산고로 기운을 잃은 꼬막들은 캄캄한 그믐 즈음에 이르러야 속살을 키우고 탄력이 배가 된다. 그러니 시시각각 달라지는 쫄깃한 맛도 본토배기의 진득한 입맛이 아니면 구분이 어렵다. 입을 꼭 다문 채 진흙 밭에 몸을 숨긴 참꼬막들은 아침마다 귓바퀴를 흔드는 아낙들의 이명으로 짙은 잠에서 깨어난다. 뻘을 헤집는 여인들의 낮고 질펀한 몸부림에 촉각을 세우다가도 절절이 뱉어 내는 숨소리에 끌려 공양하듯 제 몸을 헌신하고 만다.

수평선 끝에 넘보라살이 걸치기 시작한다. 온종일 개흙 속을 헤맨 아낙들의 몸은 천근만근이다. 천형이나 되듯 진구렁을 밟고 하루 내내 뒤엉키던 갯고랑에 비로소 구원처럼 밀물이 흘러든다. 먼 바다로 마실 나갔던 갯물이 소란한 뻘자국을 다독이려고 슬슬 발길을 들이민다. 뻘밭 위에 누런 황금빛이 얼비치기 전에 진흙으로 칠갑한 뻘배의 들머리를 돌려세워야만 한다. 진군하는 밀물에 퇴각하는 아낙들의 모양새는 사투로 얼룩진 패잔병같이 남루해서 내 남 없이 서로가 눈물겹다.

철벙대는 밀물에 뻘배를 씻는 손길은 무심한 듯 진중하다. 대충 물 발림을 하는 것 같아 보여도 구석구석 매만지는 동작은 살갑기 그지없다. 갯내와 끈기로 생을 떠받쳐 준 목숨 줄이 아니던가. 다루기로는 젖먹이 못지않다. 제 몸의 장기 일부를 떼어낸 것처럼 애지중지해도 왁살스러운 물세례는 시원함이 그만이다. 소금기와 바람으로 얼룩진 세월의 나이테가 둘 사이를 잇는 힘줄처럼 새겨져 있다.

덩두렷하게 남아 있는 마지막 햇살 위로 청보랏빛이 내걸린다. 마을을 향해 하나 둘 사라지는 아낙들의 뒤태에는 알 수 없는 적막함이 깃들어 있다. 출렁이는 물길 위로 긴 그림자 두엇 희미하게 뒤섞인다. 하루해가 막막해서 갯벌 끝에 우둔하게 서 있는 내 시야 속으로 오래된 명화같이 각인된다. 그것은 허허로운 마음 안에 뜨거운 그 무엇을 펄펄 들여 앉혀놓고 아무렇지도 않게 먼 소실점으로 사라져 간다. 꿈틀대며 쿨럭이는 무언가가 목구멍 안에 헛기침을 뿌리고 다리 힘을 불끈 돋우게 만든다.

목욕재계하고 뭍 가장귀에 늘어선 뻘배들의 모습을 바라본다. 가지런히 누워 심호흡으로 어둑시근한 빛을 머금는 중이다. 마치 야음을 틈타 어디론가 내빼려는 도망자들처럼 날렵하다. 갯고랑을 누비며 참꼬막을 짓누르던 때와는 다르게 제법 말쑥한 차림새다. 슬금슬금 어둠이 찾아든다. 아마도 저 뻘배들은 여자만 해안을 지배하던 바람과의 접신으로 참선에 들는지 모른다. 밤 깊어 달 오르면 실눈 뜨다가 가만가만 몸을 일으켜 세울 것이다. 자박자박 고샅길을 돌며 치근대는 물소리와 함께 밤새 씨나락 경전을 읊으리라.

얼룩덜룩 진 인생사에 참빛 내려와 조개꾼들 앞날을 풍성히 하소서.

날 밝거든 가뜬한 마음으로 하룻길을 별 탈 없이 돌아오게 하소서.

하루 새 참꼬막 서너 말 품고서 콧장단에 허리춤 풀어놓게 하소서.

이슥한 밤이다. 잠결인 듯 꿈결인 듯 문 밖 먼 곳에서 흥얼거리는 소리가 귓속으로 파고든다. 끊일 듯 이어지는 베갯머리 장단이 속살거리며 나를 부르는 모양이다. 암만해도 동구 밖에서 은밀한 행렬이 시작되고 있나 보다. 몸을 털고 일어나 샛길에서부터 아낙들의 문전을 지난다. 어깨를 들먹이며 곳곳에서 비손으로 웅얼거린다. 나는 어느새 작은 뻘배가 되어 그들의 자장가 속으로 하나가 되어 간다.

그대여, 나무여

처음 개인 주택을 마련하던 해 지인 한 분이 집에서 기르던 고무나무 한 줄기를 끊어다 주었다. 볕이 쨍쨍한 여름이었다. 팔뚝 길이 정도로 손바닥만 한 싱싱한 이파리가 세 개 달린 것이었다. 남편은 이를 그늘에 이틀 정도 말려 두었다가 화분에 모래를 담고 심어 두었다. 그 위에 아침마다 물을 주었다. 한 달가량 지나서 보니 하얗게 잔뿌리가 내려 있었다. 어느 정도 자랄 때마다 몇 차례 분갈이를 거쳤다. 대형화분에 담겨 32년이 지난 지금은 그 키가 무려 6미터를 훌쩍 넘겨 감당하기조차 버겁다.

초겨울이 시작되면 영하로 떨어지기 직전 거실 한쪽으로 옮겨 놓는다. 옆으로 돋아난 가지들까지 품이 넓으니 들여 놓는 일도 보통 일이 아니다. 제발 좀 키를 잘라 나지막이 기르자는 가족들의 원성에도 불구하고 남편의 고집은 좀처럼 꺾이지 않는다. 날만 추워지면 밖에서 안으로 옮겨 놓는 일이 온 가족의 연중행사다.

우리 집 거실은 천정이 높아서 바닥에서 천장까지 4m가 훨씬 넘는다. 고무나무가 너무 크니 거실 천장에서 고개를 한쪽으로 꺾어 2m 가까이 겨울 내내 끈으로 공중에 고정되어 있다. 한

겨울에도 마치 여름을 연상시킨다. 지난해에는 정원 구석에서 화분 아래 물구멍으로 뻗친 뿌리를 두 자 정도 톱으로 잘라 내었다. 얼마 전 애초에 고무나무를 갖다 주었던 지인이 놀러와 큰 줄기 하나를 아낌없이 뚝 떼어 주었다.

어느 날 산책길에 보니 뉘 집 문전에 자그마한 소철 하나가 뿌리째 뽑혀 나뒹굴고 있었다. 벌써 며칠이 지났는지 껍질이 말라 비틀어진 채 누런 이파리 두어 개가 전부였다. 잎이라고 해봐야 어린애 손바닥 길이도 못 되는 것이 그저 흔적만 남아 영 볼품없어 보였다. 식물을 키우는 일이라면 자다가도 벌떡 일어나는 남편의 눈에 띈 것이 그나마 다행이었다. 말려 보았자 소용없는 일이었다. 그날로 소철은 우리 집에 자리매김했다.

십여 년 지나 그것은 동네 명물이 되었다. 땅 위로 솟은 50cm 가량의 튼튼한 몸체 위로 새파랗게 뻗은 거친 이파리 하나가 무려 일 미터를 훌쩍 웃도니 보기만 해도 장관이다. 지금도 날마다 의기양양해지고 있다. 정원에 있으니 어찌나 자리를 차지하는지 이 구석 저 구석 옮겨 놓다 재작년에는 할 수 없이 대문 밖 얕은 계단 위로 자리를 옮겨 두었다. 여름 내내 동네 사람들은 오며 가며 걸음을 멈추고 소철을 바라보느라 한참씩 서 있곤 했다. 어쩌다 문간에서 사람을 마주치면 어디 식물원에서 가져왔느냐, 특수 비료를 쓰느냐, 이렇게 큰 소철은 처음 본다느니 말도 많고 각종 질문도 많았다. 도대체 비법이 뭐냐고 물었다. 대답은 오로지 '관심' 그 한마디뿐이었다. 그럴 때마다 박제영 시인의 〈식구〉라는 시가 떠올랐다.

사납다 사납다 이런 개 처음 본다는 유기견도
엄마가 데려다가 사흘 밥을 주면 순하디 순한 양이 되었다

시들시들 죽었다 싶어 내다 버린 화분도 아버지가 가져다가
사흘 물을 주면 활짝 꽃이 피었다

아무래도 무슨 비결이 있을 줄 알았는데,
비결은 무슨, 짐승이고 식물이고 끼니 잘 챙겨 먹이면 돼
그러면 다 식구가 되는 겨

남편의 취미생활은 정원 가꾸기다. 온갖 나무들을 심고 기르는 것이 그의 최대 관심사다. 화분에 나무를 기르는 것은 그저 소소한 덤에 불과하나 정원에 나가면 발길에 차이는 게 화분이다. 때로 거추장스럽기도 하다. 하지만 화분 곁에 쪼그리고 앉아 꽃을 들여다보고 이파리를 매만지며 흐뭇한 미소에 물든 모습을 보면 천진한 아이 같기도 하다. 그럴 때마다 문득 '순수'라는 단어를 길어 올리지 않을 수 없다. 그의 가슴 속 어딘가 맑고

깨끗한 동심의 세계가 오롯이 살아 있는 것처럼 느껴진다.

등산이라면 새벽잠도 거르지만 그밖에 어디 한 군데 한눈을 파는 일도 없으니 크게 나무랄 수도 없는 노릇이다. 오죽하면 친인척 사이에 별명이 '천연기념물'이다. 오로지 한 가지 일밖에 모른다는 의미다. 지나치게 가정적이어서 때로 답답해 보이기도 하지만 나무나 꽃을 좋아하는 것이 탓할 일은 아니니니 함구할 수밖에 없다.

아침, 저녁으로 나무 보살피기에 여념이 없는 모습을 보면 가끔 그의 DNA가 궁금해진다. 그가 나무인지, 나무가 그인지 알 수가 없다. 손대는 나무들마다 울울창창 싱싱하기 짝이 없으니 요상한 일이다. 성격상 부드럽고 온유한 기질이 큰 장점이니 식물과 일맥상통하거나 혹은 그의 체질 깊숙이 나무의 심성이 새겨져 있는 것은 아닐까 싶다. 나무나 꽃을 보살피는 일에 그토록 심취하는 것을 보면 조선 영·정조시대 이름을 드날린 화훼전문가 유박(柳璞)을 보는 듯하다. 온갖 나무와 꽃으로 둘러싸인 중향국(衆香國)을 이루었다는 그가 환생해 내 집에 머물러 있는 것은 아닌지 잠시 착각에 빠지기도 한다.

평생을 가도 음주가무라면 관심 밖이로되 새벽마다 명상에 잠긴 그의 모습은 종종 도를 득한 도인의 모습처럼 보이기도 한다. 점점 나무를 닮아 가고 있는 것은 아닌가 싶어진다. 그런 그가 여름날 팔, 다리를 뻗치고 대자리 위에서 곤히 잠든 모습을 보면 꼭 한 그루의 나무 같다는 생각이 든다. 너무 크지도 작지도 않은, 적당한 수형의 아름다운 나무라고 해야 할까. 그의 곁에서는 항상 숲의 향기가 떠돌고 있다.

시간이 머무는 창(窓)가

일요일 오전, 몸이 말을 한다. 여름내 달릴 만큼 달렸으니 이제 그만 놓아 주라 일러 준다. 체력이 바닥났음을 알리는 경고장이다. 온 몸이 밟아 놓은 것처럼 지근지근 결리고 바닥이 자석처럼 몸을 끌어당긴다. 아무래도 각오를 해야지 싶다. 아침상을 차리고 겨우 물 한 모금을 넘겼을 뿐이다. 몇 가지 간단한 일을 처리하고 나니 물에 젖은 솜처럼 가라앉는다. 도무지 견딜 것 같지 않다. 드디어 올 것이 왔다는 생각이 든다. 이쯤이면 어쩔 방도가 없다. 누워 버리는 수밖에.

밤새도록 신열을 앓는다. 머리부터 발끝까지 몽둥이로 작신 두들겨 맞은 느낌이랄까. 이쪽저쪽 몸을 뒤틀어 보아도 어디 한 군데 아프지 않은 곳이 없다. 차라리 죽는 게 나을 성싶다. 오, 하느님 맙소사! 오만가지가 머릿속을 채운다. 이 와중에도 생각이라니, 참 기가 찰 노릇이다. 잠이라도 푹 들면 좀 나을 텐데 쉽사리 잠이 들지 않으니 더 문제다. 나 몰라라 만사를 제쳐 놓고 쉬어야 할 판국에 뇌는 끊임없이 회로를 찾아 해야 할 일을 쫓고 있다. 살아 있다는 증거다.

사람들은 어쩌다 듣기 좋은 소리로 내게 표준 체격이라 말을 한다. 중키에 보통 체중으로 군살이 크게 많은 편은 아니다. 지금껏 별다른 잔병치레 없이 평소 멀쩡하다가도 2~3년에 한 번씩 몸살이 났다하면 며칠은 된통 앓아야만 제자리로 돌아온다. 별쭝맞은 것이 임자 만난다는 격으로 족히 사나흘은 죽기 일보 직전까지 가야 겨우 몸이 회복되곤 한다. 그 며칠을 멀건 죽 한 모금도 넘기지 못한 채 달랑 물로만 연명하자면 원치 않는 단식이 되는 셈이다. 사나흘씩 음식을 전혀 먹지 못하게 되면 그 다음부터는 음식 냄새가 가까이 풍기기만 해도 온갖 잡내 때문에 더더욱 먹을 수가 없게 된다. 평소에는 입맛 당기는 구수한 냄새들이 생소하리만치 역겹게 코를 자극하니 인체란 참 신비하고도 복잡한 구조물이다.

흐르는 시간 속을 유영하고 있다. 밤과 낮이 뒤바뀌고 비몽사몽을 헤매는 중이다. 벌써 며칠 째인가 분간할 수 없다. 가물가물 아득하던 의식이 온 몸을 두드리는 통증과 함께 되살아나곤 한다. 지금까지 잘 살아온 것일까 느닷없는 의구심이 든다. 남에게 해코지할 마음을 먹어 본 적이 없으니 그 점 하나만은 다행이지 싶다. 갖가지 일에 미련을 두지 않으려고 마음을 쓰며 사는 일이 그리도 첩첩이 고되었던가 생각한다. 스스로 안쓰럽기도 하다. 몸이 고단한 것보다 마음이 고단한 것이 더 힘든 일이다. 쓸쓸한 날에도 무릇 쓸쓸하지 않은 것처럼 스스로를 위안하는 것은 알 수 없이 고적하다. 정작 마음은 울고 있는데 웃어야 하는 일, 그것을 참고 견뎌 내야 하는 것은 늘 모진 다짐 뒤에나 가능하지 않았던가.

아무리 견고한 건축물에도 바람의 길이 있다. 단단한 것일수록 부드러운 흔들림에 손상이 가기 쉬운 법이다. 지금 그 바람길을 타고 정신과 육체 속에서 무수한 흩어짐과 너울거림이 출렁인다. 거대한 진동처럼 울리는 내 몸의 사각지대 안에서 온몸을 깨부술 듯 통과하고 있는 이 아픔의 시간들. 균열과 흔들림으로 무장 해제된 무방비의 시간이 허락되었음은 자축해야 할 일인지 모른다. 폭주하는 열차도 때로는 비상사태에 직면하기 마련이다. 그러기 전에 멈추었음은 얼마나 다행인가.

보리를 튼튼하게 키우기 위해선 보리밟기가 필수다. 들뜨거나 부풀어 오른 나약한 뿌리를 수시로 꼭꼭 밟아 준다. 자라 오르던 새싹은 발길에 뭉개지거나 끊기거나 해서 상처를 입는다. 그 상처가 아무는 동안 쓸데없는 웃자람을 막고 들판을 가득 채우며 보란 듯 싱싱하게 커 간다. 자기치유력과 자기면역력을 방패막이로 풍성한 결실을 맞이한다.

살아가는 일은 결코 쉬운 일이 아니다. 내 안에 잠재된 여린 마음들을 밟고 일어서는 일이다. 사람도 상처를 받으면 마음의 통로에 적치물과 부산물이 생겨난다. 이것들을 제때 치우거나 해결하지 못하면 어떤 사태에 직면하거나 몸속에서 문제를 일으키고 만다. 그러기 전에 물꼬를 터서 해결의 실마리를 찾아야 한다. 그런 과정들을 통해 여린 마음들을 하나하나 추스르다 보면 제법 단단한 구석이 생겨난다.

삶이란 꾸준한 발걸음 속에서 층층이 켜를 쌓다 보면 제 나름의 무늬를 이루어 낸다. 그러니 남이 아닌 스스로의 밟힘을 크게 두려워할 필요가 없다. 눈을 크게 뜨고 나의 성장을 위한 촉진제쯤으로 대범하게 넘기는 용기가 필요하다. 나의 실체는 끊임없는 흔들림과 무너짐을 밟고 지나온 오랜 날들의 중첩인 것이다. 빛과 그늘이 교차하는 날실과 씨실의 교집합, 끊임없는 시간들이 정교한 짜임새로 이루어 낸 하나의 건축물, 그것이 바로 오늘의 나다.

밤새 머릿속을 헝클어 놓던 번잡한 생각들이 비로소 제 갈 길을 찾고 있다. 누구도 대신할 수 없는 삶의 길목에서 무언가에 휘둘리지 않으려면 약한 마음을 다잡아야 한다. 결코 포기하지 않는 자세만이 성숙으로 가는 길목을 안내한다. 엉거주춤 좌불안석이어서는 무엇 하나 제대로 되는 것이 없다. 두려움 없는 자기 확신으로 갈 길이 뚜렷해야 흔들림을 잠재울 수 있기 때문이다.

날이 밝아오고 있다. 시간이 머무는 창가에 부드러운 명암이 살아난다. 희뿌연 여명 속에서 창밖을 내다본다. 비에 씻긴 나뭇잎들은 청아한 빛으로 물들고 고요한 마음의 평화가 찾아든다. 아름다운 세상을 품지 못하는 것은 내 안에 울림이 적은 까닭이다. 진폭이 커야 멀리까지 메아리를 보낼 수 있지 않겠는가.

나흘 동안 오직 물만 넘겼으나 이상하게도 배고픔을 전혀 모르겠다. 오히려 정신이 점점 맑아진다. 머리맡에 놓인 자그마한 유제품으로 입술을 적신다. 반쯤 얼린 달고 차가운 맛이 텅텅 빈속을 달랜다. 별다른 거부감이 없는 걸 보니 이젠 어느 정도 회복이 된 모양이다. 앞으로 이삼 일쯤 지나야 몸이 제대로 원기를 회복하리라 짐작할 따름이다. 창가로 흘러드는 밝은 빛으로 눈앞이 선명해진다. 햇빛같이 밝고 환한 길을 찾아 뚜벅뚜벅 걸어가야 하리. 자, 이제 자리를 박차고 일어서야겠다. 힘찬 내일을 위하여.

팔자소관

복채를 손에 쥔 노인이 손가락을 짚어 나가다 햐, 그것 참! 하고 혀를 찬다. 곧장 갱지 위에 추사체 못지않은 달필을 휘두른다. 장기판 위의 차를 옮기듯 글자들을 상하좌우 꿰맞추며 양미간을 찌푸린다. 지렁이가 잠시 몸을 꼰 듯 묘한 글자 하나를 툭툭 치다가 고개를 끄덕인다. 내 얼굴을 한참이나 뚫어질 듯 바라보더니만, 열 가지 복 중에 한 가지 복만 없네 그랴! 하면서 또 혀를 끌끌 찬다.

이른 새벽부터 자취를 드러내던 눈발이 달리는 차창을 스쳤다. 뒷좌석에 앉아 있던 나는 어느 한 순간을 떠올리고 있었다. 불심이 돈독해 산사를 드나들던 어머니가 이제 막 중학교에서 돌아온 내게 심각한 얼굴로 말했다.

"오늘 주지스님이 내 사주를 봐 준다고 하더니만 해괴한 소리를 들었지 뭐냐. 아, 글쎄 나더러 태평양 건너가 살 팔자라면서 바다를 건너기만 하면 오 남매 중 하나 얼굴 보기는 영영 틀렸다고 하잖니. 대체 뭔 소린지 알 수가 없다니까."

어머니 얼굴에는 상심이 가득했다. 그때 나는 왜 묻지도 못하고 망연하게 서서 어머니의 파리한 옆모습을 바라보기만 했던 것일까. 웬 뜬금없는 소리인가 싶어 헛웃음만 남긴 채 무심히 지나쳤을 뿐이다.

세월을 훌쩍 건너 셋째 딸인 내가 결혼을 하고 삼 년쯤 지났을 때였다. 환갑을 지낸 어머니가 드디어 미국으로 이민을 떠났다. 이제 막 군대를 제대한 막내 동생과 아버지를 모시고 공항 문을 통과했다. 결혼한 지 얼마 안 되어 부삽으로 모종을 이식해 버린 듯 미국으로 건너가 베벌리힐스에 통째로 뿌리를 박고 돌아올 줄 모르는 큰아들 때문이었다. 아들을 향한 애끓는 모정은 결국 천리타향 바다를 건너가도록 만들었다. 장남을 제 평생의 신줏단지처럼 떠받들던 어머니다운 결정이었다. 아마도 눈부신 인생이 거기 어디쯤에서 깃발을 드높이며 환영해 줄 것처럼 믿음이 확고했는지도 모른다.

공항 문이 닫히던 순간, 알 수 없는 두려움이 밀물처럼 몰려왔다. 오빠네 가족을 비롯하여 아버지, 어머니, 막내 동생까지 모두 미국으로 이주를 한 셈이었다. 갑자기 부모형제를 다 잃어버린 사람의 심정이 그런 것일까. 큰언니와 작은언니네 가족만 남고 한 순간에 둥지가 흩어져 버린 새처럼 등이 시려 왔다. 방패막이가 사라진 내 외로움의 끝에는 대체 뭐가 남아 있을까. 늘 허기처럼 알 수 없는 궁금증이 일었다.

시작과 끝의 경계에 서 있다는 것은 불안감으로 머리를 싸 매이게 만드는 일이다. 할 줄 아는 것이라곤 붓끝으로 온갖 물감을 뒤섞어 그림을 그리는 일밖에 몰랐던 나는 죽기 아니면 살기로 일에 매달려 지냈다. 사계절이 오고가도 손끝에 피어나는 온갖 그림들 속에만 존재했다. 살아가는 일이란 고적한 싸움이라고 스스로를 타일러도 몸속 깊이 부모형제에 대한 그리움이 슬픔의 똬리를 틀고 움을 키웠다.

어머니를 둘러싼 모든 것들은 늘 조용했다. 느닷없이 태평양을 질러온 사건 하나가 가슴을 뻥 뚫어 놓기 전까지 말이다. 전화기가 울어 대던 희뿌연 새벽, 아버지는 흐느끼듯 말을 잇지 못했다.

"네 엄마가 돌아가셨다."

청천벽력 같은 소리가 가슴을 후볐다. 불과 열흘 전만 해도 전화기 너머에서 어머니는 내게 아무 일 없다고 소식을 전해주지 않았던가. 아버지의 울음은 그의 모든 생애가 무너져 내린 듯 사무쳤다. 속을 미어지게 만들었다. 끊임없는 질주만이 내 생활의 전부를 통과하던 긴 시간들이 한꺼번에 출렁거렸다. 공항 문이 닫힌 뒤 16년이란 세월이 그렇게 빨리 흘러갔다는 것을 비로소 뒤돌아본 하루였다. 목울대를 터져 나온 눈물이 얼굴을 적셨다.

일흔여덟, 아들을 위해 삶의 전부를 걸었던 한 여인의 생애가 그렇게 막을 내렸다. 모든 것을 건다는 것은 때로 바닥을 짚게 만드는 것이기도 하다. 어머니의 기대만큼 남은 인생에 접어든 마지막 시간들이 그렇게나 흡족했는지 여부는 알 수가 없다. 오직 아들을 향한 맹목적 사랑의 일부만이라도 막내딸인 내게 조금쯤 나누어 주었으면 어머니를 향한 나의 사랑도 그늘진 해바라기는 아니었을 것이다. 대체 어머니는 나를 가끔은 보고 싶어 하기라도 했던 것일까.

설을 지내기 위해 캄캄한 새벽부터 서울에서 울진 시댁으로 향하고 있다. 고속도로에 눈발이 흩날린다. 한 세대가 다 지나도록 명절마다 이 길을 오르내리며 어머니에 대해 얼마나 많은 그리움을 쟁여 넣었던가. 늘 가슴을 쓸며 지나던 이 눈물바람의 길 위에 오늘은 하얗게 눈이 내린다. 결혼 이후 지금까지 친정 식구들 모두 다함께 모여 명절을 지내지 못했으니 이는 필시 운명이 아니면 필연이다.

오래전 어머니의 사주풀이를 해 주었다던 주지스님의 말이나 내가 결혼하기 전 복채를 쥔 노인의 말이 되살아나 아직도 귀에 쟁쟁거린다. 인간이 누릴 수 있는 열 가지의 복 중에서 대개의 사람에게는 한두 가지가 주어질 뿐이라고 했다. 그럼에도 불구하고 양손에 아홉 가지 복을 거머쥐고 태어났다는 내가 부모형제 복 한 가지만 없다 하였으니 이를 두고 어찌 팔자소관이라 하지 않을 수 있겠는가. 손가락을 꼽던 노인네의 심안(心眼)을 허투루 볼 일은 아니었던 모양이다.

하지만 나는 나의 팔자소관을 믿지 않았기에 지금 여기까지 헤엄쳐 올 수 있었다.

소용돌이

아침 TV 뉴스에서 독일에 100년 만의 대홍수가 일어났음을 알린다. 인접한 벨기에, 네덜란드, 룩셈부르크 등도 극심한 물난리를 겪고 있다. 지구온난화가 심상치 않음을 실감나게 한다. 화면을 보는 나의 마음은 놀랍긴 하지만 지극히 평온하다. 손톱 밑의 가시가 가장 아프다는 말처럼 내게 이르지 아니한 일들은 아무런 상관이 없다는 것인가. 문득 무감각이 일으키는 일상에 가끔은 소용돌이를 맞이하고 싶다는 생각이 든다.

초등학교 고학년 때의 일이다. 여름방학이 시작된 지 얼마 지나지 않아서였다. 하늘이 뚫린 듯 장맛비가 사흘 밤낮을 가리지 않고 퍼부었다. 잠결에 쿠르릉 쾅 하는 거센 폭음소리에 놀라 잠시 눈을 떴다. 무슨 일인가 싶어 어리둥절하다가 까무룩 잠에 빠져들었다. 조금 있으려니 할머니의 고함이 대청을 가로질러 문살을 때렸다.

"아이쿠. 애비야! 큰일 났다. 집 넘어 간다!"

여기 저기 방문들이 열리고 발자국 소리와 어수선함이 동시에 집안을 가득 채웠다. 무슨 일인가 싶어 졸린 눈을 뜨고 나와 어른들 다리 사이로 대청 밖을 내다보던 나는 눈이 화들짝 커져 버렸다. 늘 내 눈앞을 가로 막던 저 앞 정면의 담장이 사라져 버렸다. 축대가 무너져 넓은 앞마당이 모두 사선으로 쓸려 나간 채 집이 댓돌 바로 위에 간신히 걸쳐 있었다. 장대처럼 내리꽂던 비는 멈추었고 먼동이 틀 무렵이었다. 하늘은 개벽을 알리는 신호마냥 검푸른 청색이 희미하게 밝아 어느 정도 물체의 식별이 가능했다. 어른들의 근심소리가 대청 가득 술렁거렸다.

활강하는 스키장처럼 경사를 이루며 급격히 쓸려 나간 마당 끝에서는 물소리가 거세게 들려왔다. 뒤엉킨 흙과 바위투성이 위로 불만을 가득 쏟아내는 물줄기들이 넘실거렸다. 쿨럭쿨럭 체한 듯 바튼 기침을 허옇게 쏟아내며 제 갈 길을 재촉하는 중이었다. 아랫집 사람들도 모두 나와 일제히 우리 집을 올려다보고 있었다. 사십대 중반을 넘긴 아버지의 얼굴에는 당혹감이 뚜렷하게 내비쳤다. 새 집터를 올린 지 겨우 일곱 해를 넘기지 않았던가.

열일곱에 아비 잃고 종갓집 적통을 이은 뒤 집안의 대가족을 이끈 지 스물여덟 해째였다. 그동안 아버지의 자부심이 모두 녹아든 너른 저택이었다. 마을을 내려다보기 위해 터를 조금 높인 것이 화근이었다. 위 아랫집 축대 사이로 흐르던 양팔 넓이의 작은 실개천이 내리쏟는 사흘 장마에 배를 불리고 넓은 앞마당을 가차 없이 쳐 낼 줄 누가 알았던가. 먼 화계산에서 흘러내리던 물줄기가 계곡을 돌고 돌아 마을 앞길을 타고 아랫마을까지 실핏줄처럼 흘렀다. 길상사 실개천마냥 얕은 도랑물소리에 불과해서 베개 밑을 흐르는 자장가나 되듯 한여름 더위를 식혀 주었다. 아닌 밤중에 홍두깨 격으로 식구들은 모두 놀라 얼이 빠진 듯했다.

날이 밝아오기 무섭게 아버지는 민첩하게 움직이기 시작했다. 사흘 장마도 한 나절 볕이면 마른다더니 해가 떠오르자 다들 이성을 되찾고 있었다. 집안에서는 어른들이 모여 두런두런 말소리가 높았다. 누군가는 일꾼들을 부르러 가고 또 누군가는 건재상으로 달음박질쳤다. 아슬아슬한 앞마당 근처는 얼씬도 못하고 모두들 뒷마당으로 드나들었다. 점심때가 되기도 전에 여기저기서 사람들이 나타나고 오후 들어 모래와 시멘트가 집안 곳곳에 쌓이기 시작했다. 다음 날 흙을 가득 실은 트럭과 함께 축대를 쌓기에 알맞은 돌들이 우물가 옆 화단을 뭉개고 그 위로 잔뜩 부려졌다.

비가 그친 지 하루하고도 반나절이 넘었다. 도랑물은 거의 다 빠져나가 물소리도 자근자근 기세를 낮춘 뒤였다. 어머니와 고모, 언니들이며 부엌일을 돕는 복순이 언니까지 여자들은 음식을 만들랴 새참을 준비하랴 바쁘게 돌아쳤다. 대여섯 명의 일꾼들이 돌멩이를 치우고 나르고 돌을 굴리느라 실개천 바닥이 연일 떠들썩했다. 소식을 듣고 달려온 작은할아버지와 숙부님들, 오빠와 사촌들까지 합세해서 온 집안이 장마당을 펼친 듯 날마다 북새통을 이루었다. 개울 가득 부서져 내린 벽돌과 흙을 퍼 올리느라 모두들 땀투성이가 되어 얼굴은 벌겋게 달아올랐다. 아버지는 이참에 아예 작심을 했는지 축대를 이중으로 두껍게 쌓아 올리도록 지시했다. 먼지가 집안 곳곳에 부옇게 내려앉곤 했다.

연중 내내 제사가 많은 종갓집이니 때마다 모이는 일가친척 가솔들이야 다반사였다. 내 기억에 이처럼 시끌벅적 요란스럽기는 그때가 처음이었다. 모래와 시멘트가 짓이겨지고 육중한 돌멩이를 하나씩 들어 올릴 때마다 개울 바닥에서는 장정들의 "어엿 차" 소리가 대청까지 울려 퍼졌다. 하루하루 축대가 높이를 올려감에 따라 한쪽에서는 흙을 메우고 다른 한쪽에서는 열심히 흙을 다졌다. 이삼 일 지나 그 위에 다시 벽돌로 담장을 쌓는 공사가 진행되었다. 보름쯤 지나니 앞마당이 얼추 본래의 제 모습을 되찾아 갔다. 집안의 제일 연장자인 할머니 얼굴에도 그즈음에야 비로소 안도의 빛이 스쳤다.

그 뒤 며칠이 더 지나서야 뒤뜰이며 우물가의 화단도 어느 정도 치워졌다. 일꾼들과 작은 할아버지, 숙부님들, 사촌들도 모두 돌아갔지만 아버지는 한동안 잠을 제대로 주무시지 못했다. 늦은 밤 시간이나 새벽에도 뒷짐을 진 채 대청 너머를 몇 번이고 서성거렸다. 어느 때는 캄캄한 마당에 홀로 서서 담장 아래로 흐르는 작은 실개천을 우두커니 내려다보고 계셨다. 한 집안을 책임진 종갓집 장손의 뒷모습은 어린 내 눈에도 어딘가 쓸쓸하고 무겁게 느껴지곤 했다. 아버지가 외롭게 보인다는 생각도 조금은 했던 듯하다.

가여운 어머니는 그동안 많은 사람들의 뒤치다꺼리에 녹초가 되어 있었다. 책임감으로 입술 끝이 짓물러서 물집이 터진 채 마른 핏물이 맺혀 있었다. 며칠 동안 심한 몸살로 앓아누워 버렸다. 가끔 우물곁에 뭉개져 버린 화단을 내다보곤 한창 피어오르기 시작한 풍접초와 봉선화가 다 사라졌다고 서운한 듯 중얼거렸다. 풍접초는 어머니가 가장 좋아하는 여름 꽃이었다. 그 꽃을 보면 어린 나이에 가마 타고 시집올 때 머리에 꽂았던 화사한 족두리가 생각난다며 종종 웃곤 했었다. 화단 둘레를 빙 둘러 섰던 회향목도 내리부어진 커다란 돌들의 무게에 일그러진 채 한동안 들쭉날쭉 보기가 흉했다. 장대비가 쏟아지는 어둠 컴컴한 새벽이면 지금도 선명하게 떠오르곤 한다. 졸지에 앞마당이 모두 쓸려 나갔던 아찔한 광경이.

모과나무 심사

가끔 시간 여유가 생기면 집 근처를 벗어나 멀리까지 산책을 가는 수가 있다. 오늘은 날이 좋아 이웃 동네까지 천천히 걸어 보았다. 이 집 저 집 기세 좋은 나무들을 기웃거리다 개인주택이 늘어선 낯선 골목길로 접어들었다. 느긋하게 걷다가 어느 집 대문간에서 걸음을 멈추었다. 요즘 세상에 좀처럼 보기 드문 담장의 형태가 집의 역사를 확연히 대변했다. 어릴 적에나 흔히 보던 모양새였다. 어른 키 높이 위에 팔뚝 길이 정도의 쇠꼬챙이들이 일렬로 쭉 박혀 있다. 반 뼘 간격의 가로 세로 격자무늬다. 외부를 향해 휘어진 꼬챙이 끝이 날카로운 눈을 치뜨고 있다.

이 쇠살들 사이를 비집고 든 등나무줄기가 용하다 못해 하수상하다. 어린애 팔뚝 굵기나 될까 싶은 두 개의 줄기가 서로 몸을 꼬아 가로로 길게 엮여 나갔다. 마치 객사문 대들보처럼 한일자형이다. 오로지 쇠기둥 사이사이에 제 몸을 뜨개질하듯 앞뒤로 꿰매 놓았다. 슬쩍 밟아 놓은 꽈배기의 꼬인 자리마다 장침을 박아둔 모양새라 할까. 억세게 등피를 파고든 철심들은 가혹하리만치 일목요연하다. 철저히 옥죄어 꼼짝달싹 못하는 형국이다. 그 절묘함에 사람의 손길이 물씬 풍겨난다. 일을 삼아 누군가의 손끝에 밀려 막무가내로 기어들어야 했을 여린 줄기가 눈앞에 가물거린다. 무심한 세월을 허리띠 졸라매고 용케 버텨왔음이 역력하다. 아무리 보아도 꼬여 얽힌 신세가 참으로 딱할 지경이다.

어느 휴일에 바람도 쐴 겸 경기도 문산 근교로 나들이를 간 적이 있다. 들판 근처 차에서 내려 무턱대고 들길을 쏘다녔다. 야트막한 언덕길을 지나다보니 저 끝에 비닐하우스 몇 채가 나란히 붙어 있었다. 두 갈래 길 건너편에서 하우스 입구 쪽을 바라보니 능숙한 화가의 붓질마냥 예술적 형태를 지닌 나무가 푸른 하늘을 배경으로 한 눈에 들어왔다. 대체 무슨 나무일까 궁금해 가까이 다가가 보았다. 커다란 흰색 도자기 화분에 담긴 멋스러운 소나무였다. 내 어깨높이 정도로 제법 키를 지닌 나무였다. 아뿔싸! 대체 누가 이랬을까.

튼튼한 기둥은 물론 뻗어 나온 가지들마다 하필이면 전깃줄로 꽁꽁 감겨 올라간 분재였다. 얼마나 오래 묶여 있었는지 그 전깃줄이 기둥 사이사이를 파고 들어가 나무줄기 깊숙이 박혀 있었다. 피복이 터져 나간 곳곳은 구리줄이 드러나서 얼룩덜룩 보기가 흉했다. 퉁퉁 부은 마디처럼 전깃줄 밖으로 비어져 나온 몸피들을 보니 절로 몸서리가 쳐졌다. 조금 과장을 하자면 영락없이 감자를 줄줄이 이어 붙인 형상이었다. 당장에 그 줄들을 죄다 풀어 주고픈 충동이 일었다. 먼빛으로 바라볼 때와는 사뭇 다른 느낌이었다. 온몸이 조여드는 것처럼 갑갑했다. 분재에 대해 아는 바 없으나 어느 정도가 지나면 적당히 줄을 조절해야 하는 게 아닌가 싶었다. 이 모두가 나무에게 가해진 인간의 형벌이라고 해야 하나.

다소 미안한 이야기지만 나는 분재를 좋아하지 않는다. 아무리 어여쁜 모습을 하고 있어도 정이 붙지 않는다. 일방적인 의도만 드러나 있고 배려라는 것을 찾아보기 힘들기 때문이다. 억압의 상징처럼 여겨져 보고 있자면 한없는 인내심을 유발시킨다. 땅위에 늠름하게 서서 자유롭게 가지를 펼친 나무에게 경외심을 갖는 것하고는 판이하게 다른 감정이다.

죄를 지어 철창에 갇힌 사람들은 그곳을 빠져 나오려고 안간힘을 쓴다. 문만 닫혀 있지 몸을 얽어 맨 것도 아닌데 최대한 방법을 동원한다. 단절과 제한을 견디지 못해 죄에 상응하는 장소에 놓인 것을 힘겨워한다. 만일 그들을 칭칭 묶어 옴짝달싹 못하게 고정시켜 둔다면 어떤 일이 벌어질까 싶다.

일제의 고문을 상징하는 서대문 형무소의 각종 형틀을 보는 것은 인간의 존엄에 대한 유린이 얼마나 잔혹한가를 뼈저리게 느끼도록 만든다. 시대적 상황이 낳은 아집과 편견, 말살로 무장한 채 강퍅함을 드러내고 있다. 도무지 무섭고 사나워서 살벌하기만 하다. 부드럽거나 순하지 못하고 드세기만 한 것들은 어딘가 귀한 맛이 없다. 주변을 일그러뜨릴 줄만 알고 사랑을 부려 놓을 줄 모른다.

나무에게 가해지는 인간의 고약한 처사도 마찬가지다. 어쩌다 마주친 등나무와 소나무의 처참한 모습이 지금도 안타까운 잔상을 남긴다. 말 못 하는 나무라고 해서 고통을 느끼지 말라는 법은 없을 것이다. 무엇이나 지나친 것은 눈살을 찌푸리게 만든다. 누군가의 무신경 혹은 무감각이 얼마나 깊은 자국을 남기는지 씁쓸한 경종을 울린다. 원치 않는 인간의 폭력에 대해 나무들은 대체 어떤 생각을 가지고 있을까.

들판 가득 잎새를 펼친 한 그루 나무는 온갖 풍상을 이겨 낸 꿋꿋함과 자연스러움으로 정감을 불러들인다. 짙은 그늘과 소리 없는 풍경으로 삽상한 위로를 던져 준다. 귀물로 대접받는 마을 밖 둥구나무나 팽나무는 오랜 숭배의 대상이 되기도 한다. 구속받지 않고 제 스스로 균형감각을 유지하고 있으니 특별한 경우가 아니면 눈에 거스르는 일이 드물다. 오히려 그 나무 특유의 아름다움과 독특한 제 멋을 풍긴다. 듬직한 형상으로 말없는 자유로움을 뽐내며 인상적인 느낌을 선사해 주기도 한다.

오늘밤 마음의 촛불을 켜든다. 상처로 얼룩진 나무들의 고된 시간을 가만히 어루만져 주고 싶다. 행여 모과나무처럼 뒤틀려 심술궂고 성깔이 순순하지 못한 마음씨는 없는지 되새겨 볼 일이다. 그것이 누군가에게 지우지 못할 아픔을 주고 있는 것은 아닌지 새삼 두려워진다.

직박구리

이른 아침 정원에서 갑자기 울리는 새소리가 보통 시끄러운 게 아니다. 그 소리에 놀라 잠이 확 달아나 버렸다. 머리맡의 시계를 보니 여섯시가 조금 못 되었다. 날은 이미 훤하게 밝아 있다. 눈을 뜨고 몸을 뒤척이다 보니 이번에는 까치 소리까지 더해져 귓전을 울린다. 웬일인가 해서 안방 창문을 밀고 내다보니 저 앞 앵두나무 위에서 직박구리 몇 마리가 이리저리 날아다니며 소란을 피워 댄다.

우듬지에 앉아 머리를 들이밀고 새빨갛게 익은 앵두를 쪼는 놈, 날개를 펴고 가지 사이를 후다닥 나는 놈, 이 가지 저 가지 방정맞게 옮겨 다니며 촐랑대는 놈, 앵두 한 알 물고 굵은 가지 위에서 콕콕 부리로 찍어 대는 놈, 가지가지다. 연이어 두 마리가 더 날아든다. 갑자기 여러 마리가 공중으로 화드득 날아오르며 떼로 울어 댄다. 소리 참 대단하다. 창밖으로 고개를 쭉 내밀어 살펴보니 저편 향나무 가지 끝 전깃줄 위에 까치 한 마리가 앉아 있다. 직박구리가 날개를 펼치고 공중에서 서로 왔다갔다 시위를 해 댄다. 워낙 시끄럽게 울어대니 깍깍깍 울던 까치 한 마리가 창공으로 휙 날아올라 사라진다.

아침부터 공연히 화가 난다. 아무리 새라지만 제 먹을거리에만 눈독이 올라 그악스럽게 울어 대는 꼴이라니, 어쩐지 욕심 사납게 다가온다. 작년 이맘때도 그랬다. 앵두가 새빨갛게 익기 시작하면 직박구리가 용케도 몰려와 수선을 피워 대는 통에 일을 그르치고 만다. 싱싱한 이파리 사이에 매달린 앵두는 마치 어여쁜 꽃 같아서 초여름에 눈요기로 즐기기엔 안성맞춤이다. 오며가며 입가심으로 두어 차례 따 먹다가 앙증맞은 모양새를 일부러 즐기려고 서서히 익어 가게 놔두기 일쑤다. 하지만 날이 더워 한창 붉은빛이 오르기 시작하면 직박구리의 목청을 견디기 어렵다.

가끔 이름을 알 수 없는 작은 새들은 맑고 투명한 소리를 울리다가 몇 번 쪼아 먹고는 조용히 날아가 버린다. 어쩌다 정원에서 그 모습을 마주치면 일부러 걸음을 멈추고 서서 새가 노니는 모양새를 관찰하기도 한다. 조막만 한 새의 지저귐은 어느 현악기 못지않게 맑고 투명해서 날아간 자리에는 늘 아쉬움이 남는다. 하지만 직박구리가 몰려들기 시작하면 그 등쌀을 무심히 보아 넘기기가 힘들다. 이른 아침 여러 마리가 날아와 울어 대는 소리는 이제 그만 앵두를 따 내라는 신호나 마찬가지다. 한동안 서로 조금씩 나누어 먹으면 좋으련만.

얼마 전 길을 가다 보니 시장 입구에 사람들이 둥그렇게 몰려 있었다. 누군가 고함을 마구 지르는 중이었다. 무슨 일인가 싶어 발길을 멈추고 사람들 어깨 너머로 가만 들여다보았다. 구청에서 나온 칠팔 명의 남자들이 난전에서 장사하는 아주머니들 나물바구니를 발로 이리저리 툭툭 차면서 이것들 당장 못 치우겠냐고 으름장을 놓는 중이었다. 이걸 보고 갑질이 한창이라는 말일 게다. 눈치 빠른 아주머니들은 커다란 비닐봉투에 물건들을 잽싸게 담아 등 뒤에 몰아넣고 제자리에 웅크리고 있었다. 때마침 바로 여기에 우리들의 영웅이 등장했다.

큰길을 건너오던 등치 큰 흰머리 소년이 사태를 짐작했는지 사람들을 가르고 턱 나서서 호통을 치기 시작했다.

"야 이놈들아. 도대체 이 나라의 공권력은 뭐 말라비틀어진 거냐. 너희 놈들이 누구 덕에 녹을 먹고 사는데 감히 이 짓거리야. 당장 그만두지 못해! 썩 물러 가거라, 이놈들아! 오죽하면 가게 하나 없이 서민들이 땅바닥에서 벌어먹고 살겠어!"

우람한 어깨에 새끼 밴 암사자 같은 팔척장신 흰머리 소년은 두 발을 벌리고 서서 다부진 자세를 취했다. 왼손은 허리춤에 얹고 다만 오른팔을 들어 검지 하나만 뚜렷이 내민 채 구청 직원 한 명 한 명을 향해 찔러 박듯이 일갈했다. 시원시원한 목청이 눈부시게 뻗어 올랐다. 그러자 남자들 오륙 명은 구청 표시가 도드라진 트럭 위로 뛰어 오르고 두어 명은 눈만 꿈적꿈적 도로가에서 주춤거렸다.

"백성이 하늘이야, 이놈들아. 코로난지 뭣인지 가뜩이나 먹고 살기 힘든 판국에 이게 할 짓들이야. 이 사람들 이렇게 벌어서 내는 세금으로 너희 놈들 뱃구레 채우고 있어. 기껏 뽑아 줬더니 도와주지는 못할망정 어디서 패악질이야. 이런 순 도적놈들 같으니라고!"

하는 말마다 옳은 소리니 둘러 선 사람들도 눈빛이 울근불근 해져서 남자들을 험악하게 쏘아보았다. 그 기세에 밀리는지 도로가에서 어정쩡한 자세를 취하던 남자 두엇이 슬며시 몸을 돌려 재빠르게 트럭으로 올라탔다. 한 남자가 유리창을 쿵쿵 치니 트럭이 순식간에 자리를 박차고 달려 나갔다.

"어이구, 시원해라. 자~~알 했수, 자~~알 했어. 서로 좀 나눠 먹고 살아야지!"

호리호리한 행인 하나가 좋아라 박수를 쳤다. 둘러 선 사람들은 의미심장한 눈짓을 주고받으며 미적미적 흩어져 갔다.

괘씸한 직박구리를 내쫓으려고 앵두나무 가지를 한 번 세게 잡았다 퉁기며 나도 한마디 한다.

"이 욕심쟁이 직박구리들아. 까치하고 나눠 먹으면 좀 좋아!"

길 위에서 꿈을 줍다

거기 누군가 있다. 오늘도 여전히 새벽 머리맡을 두드리는 저 아득한 소리가 들려온다. 작고 약한 공명처럼 귓바퀴를 스치는 소리 하나가 비눗방울처럼 퍼진다. 조심 또 조심, 사금파리를 주워 올리듯 섬세한 부딪침이다. 소리에도 급이 다른 자막이 있다는 걸 비로소 느낀다. 손가락이 짓는 운율들을 마음으로 읽어 내리기란 쉬운 일이 아니다.

석이 할매의 아침 운동이 시작되었다. 길 건너 연립주택 반 지하에 사는 칠십 대 중반 노인의 작은 끌차가 드륵드륵 성긴 소리를 내며 대문 근처를 지난다. 어제 밤늦게까지 주워 모은 캔이며 얌전하게 접힌 종이상자들이 등 뒤에 끌려간다. 언제나 허리춤 높이를 벗어나는 일이 없는 그 작은 꾸러미들은 동네 곳곳 발품을 팔아 건져 올린 수확물들이다. 아무렇게나 버려진 것들이 차곡차곡 정갈한 모습으로 탈바꿈 한 채 뒤꽁무니에 매달려 가는 모습은 자못 경건함을 불러일으킨다.

석이 할매를 처음 본 것은 이 동네로 이사 오고 두어 달 지나서였다. 오후가 되면 저만치 길 건너 마트 옆 파라솔 아래서 동네 꼬마들이 모여 놀곤 했다. 가끔 젊은 엄마들이 섞여 있곤 했는데 그 속에 나이 지긋한 아주머니 한 분이 눈에 띄었다. 군살 없는 몸에 조용한 눈매가 저물녘 기별 없이 떠오른 반달을 떠오르게 만들었다. 오며 가며 눈여겨보아도 좀체 목소리를 듣기는 힘들었다. 누군가 남편을 여의고 홀로 사는 여인이라 했다. 근처로 분가한 아들 내외가 맞벌이여서 낮 시간 동안만 유치원생 석이를 봐 주고 있다는 정도만 풍문으로 들었을 뿐이었다. 말없이 수더분한 모습이 산자락의 작은 야생화처럼 은은해서 늘 보기 좋다는 느낌이 들었다.

석이가 초등학교에 입학한 뒤였다. 어느 날 신문더미를 단단히 묶어서 대문 앞에 내놓으려는데 저쪽에서 석이 할매가 조용히 걸어왔다. 그거 내가 가져가도 되겠수 하고 말을 붙였다. 그러세요라고 말을 튼 것이 계기였다. 손자가 학교에 간 사이 재활용품을 모으고 있으니 혹시 신문이 모이거든 좀 달라는 부탁이었다. 한마디 내게 덧붙였다. 일 매무새를 보면 성격이 드러나는 법이라우. 그런 연고로 피차 별말 없는 사람들끼리의 이심전심이 그사이 강산을 세 번 바꿔 놓았다.

석이 할매의 일터는 연립주택에 딸려 있는 작은 주차장 안이다. 차 한 대를 따로 주차할 수 있는 그 공간 뒤편은 다 합쳐도 한 평 남짓이다. 처음에는 주로 버려지는 신문이나 책들을 모아 조그만 손수레에 싣고 다녔다. 욕심을 부리는 일이 없으니 넘침을 본 일도 없다. 하루에도 몇 번씩 동네 고샅을 지나다녀도 그 움직임은 어딘가 조심스럽고 깔끔해서 여느 노인들과는 다른 모양새였다. 그저 장에 다녀오는 평범한 주부쯤으로 여겨졌다.

가벼운 음료수 캔이나 부피가 작은 고철 등을 수집해도 어느 것 하나 대충이라는 말은 모르는 사람 같아 보였다. 종종 길을 오가다 주차장 안을 들여다보아도 너저분한 폐품들이 널려 있지는 않았다. 어느새 정리를 해 두었는지 서너 개의 큰 박스 안에 잘 정리된 책이나 신문, 음료수 캔들이 가지런히 담겨져 있었다. 분량이 지나쳐서 눈살을 찌푸리게 하는 일도 없이 늘 일정하리만큼의 폐품들이 모아지고 어디론가 사라졌다. 생각 없이 버려지는 물건들이 고이 정리된 옆에는 끌차로 이용되는 조그만 손수레 두어 개가 서 있을 뿐이었다.

안방 창가에서 바라보면 담장 너머 길 건너 저 편으로 그 주차장 안이 삼분의 일쯤 내려다보였다. 차 한 대가 조용히 서있거나 그 자리가 비워져 있거나 둘 중 하나였다. 종종 석이 할매가 드나드는 모습이 보이긴 해도 요란하게 폐품을 정리하는 모습은 좀체 뵈지 않았다. 단지 새벽녘이면 작은 캔이 모여 부딪힐 때의 공명이 멀리서 슬며시 퍼져 오르다 곧 끊기곤 했다. 어쩌다 한두 번 새벽 잠결에 스치는 그 소음은 정제된 악보의 반음 같았다. 어떤 새김을 담고 있는 듯 여간 조심성이 느껴지는 게 아니었다.

어느 가을날 그 집 주차장 앞을 지나노라니 석이 할매가 안쪽 구석 끌차에 쪼그리고 앉아 작은 수첩에 무언가를 골몰히 쓰고 있었다. 걸음을 멈추고 아주머니, 뭐하고 계세요 하니 연하게 웃는다. 볼펜으로 수첩 위를 콕콕 찍더니 말없이 들어오라는 손짓이다. 가만히 다가가니 볼펜으로 수첩 위를 가리켰다. 날짜 하나 밑에 예닐곱 번씩 적어 나간 숫자가 빼곡했다. 700원, 1100원, 950원, 800원, 1150원…. 우리 석이 대학등록금 낼 때 몇 푼 보태 주려고…. 우리는 서로 고개를 끄덕이다가 조용히 웃기만 했다. 가끔 석이 할매는 우리 집 마당에 앉아 내가 내주는 폐품들을 정리한다. 잠시 집안에 들어와 있다 나가 보면 그새 마당을 깨끗이 정리해 두고 대문까지 꼭꼭 걸어 둔 채 사라졌다.

이제 막 주차장을 나서는 석이 할매의 모습이 보인다. 작은 끌차에는 체구에 꼭 알맞은 부피가 얹혀 있다. 차곡차곡 깔끔하게 정리된 헌책들과 빈 캔이 담긴 비닐봉지 하나다. 넘치지도 모자라지도 않게 딱 그만큼의 분량이다. 석이를 위한 꿈의 경전이 소중하게 실려 간다. 있는 듯 없는 듯 동네 곳곳을 누비며 길 위에서 꿈을 줍는 이 자그마한 도우미를 어찌 눈여겨보지 않을 수 있겠는가. 우리가 버리고 있는 생활쓰레기들을 한 차례씩 걸러 주는 분명한 사회적 기여자다.

행복이란

붉게 핀 시클라멘이 창가를 밝게 수놓고 있다. 한겨울이건만 전면 유리를 통과한 화창한 햇볕이 거실바닥을 환하게 비추는 중이다. 그 밝은 빛을 등지고 집안 어른들이 모두 왁자하게 빙 둘러 앉아 있다. 이제 막 설날 아침 제사가 끝났으니 세배를 받으려는 참이다. 팔남매 집안의 내리닫이 가솔들은 참 많기도 하다. 누구 하나쯤 자리를 비워도 도통 표시가 나지 않으니 암만해도 이는 신의 축복이다.

유치원 또래와 초등생 어린 녀석들부터 일렬로 서서 한 차례 세배가 끝나면 중 · 고등학생, 대학생들의 순서가 이어지고 그 다음은 나이 찬 조카들 순이다. 삼십여 명 가까이 되고 보니 여기저기 나가는 세뱃돈도 만만찮다. 북새통이라면 큰 북새통이어서 쉬운 일이 아니다. 그래도 요란한 웃음꽃이 명절 분위기를 한껏 고조시키고 있다. 이어서 큰방, 작은방, 거실, 주방까지 빈틈없이 상들이 펼쳐지고 공간마다 꽉 들어찬 친인척들이 분주한 식사에 돌입한다. 이층 계단을 우르르 몰려 내려오는 꼬맹이들의 발소리가 요란하다. 울진 큰댁의 설날 아침 풍경이 바로 절정에 이르는 때이다. 네 명의 며느리들이 빚어 낸 수고가 한 해를 여는 빛처럼 울안을 감싸고도는 시각이다. 일가친척을 아우르는 형제자매들의 협동과 자부심이 곳곳에 흘러넘친다. 행복이란 바로 이런 게 아닐까.

식사가 끝나고 차를 마시거나 둘러앉아 삼삼오오 담소를 나누는 시간이다. 모두의 시선은 한 곳으로 고정되어 있다. 늦장가를 든 큰 댁 조카 내외가 2년 전 아들을 낳았다. 이제 두 돌이 지났다. 바로 그 녀석이 거실 복판에서 온갖 재롱을 부리는 중이다. 두어 달 전부터 걷기 시작하더니 조금 어설픈 걸음이나마 뒤뚱뒤뚱 제법 마음대로 쫓아다닌다. 거실 한쪽에서 아이들이 과자 부스러기를 쏟았던 모양이다. 제 아빠가 청소기를 가져와 돌리기 시작하자 잠시 그 모습을 빤히 올려다보고 서 있다. 그러더니 옆방으로 아장아장 들어가 구석에서 손걸레를 끼워 미는 밀대를 들고 나온다. 이런 작은 아기에게도 그런 식견이라니 놀랍기만 하다. 한 팔 길이가 넘는 플라스틱 밀대의 길이를 짧게 낮춰 주자 이리저리 내두르며 제 아빠 꽁무니를 쫓아다닌다. 그 모습이 다들 귀여운지 함박웃음이다.

고목나무에 매미가 달린 격이라고나 할까. 180cm가 넘는 거구의 아빠를 졸졸 따라다니며 밀대로 청소기를 흉내 내는 모습이 사뭇 진지하다. 동글납작한 얼굴에 통통한 뺨과 반짝이는 검은 눈, 기저귀를 찬 채 오리처럼 뒤뚱거리는 모습이 앙증맞기만

하다. 아직 말을 못하고 눈빛으로만 끙끙대니 더더욱 귀엽다. 아이는 아이를 알아보는지 저보다 조금 큰 아이에게 다가가 볼을 대 보기도 하고 끌어안기도 한다. 그 녀석들을 지켜보느라 어른들은 시간 가는 줄을 모른다. 아, 이 무슨 흡족한 마음인가.

며느리들은 물론 조카며느리들까지 부지런히 주방을 치우고 그릇 찬장이며 다용도실을 정리하느라 부산하다. 이 집안의 셋째 며느리인 나는 몸을 사릴 필요를 전혀 느끼지 않는다. 사람 사는 맛이 절로 느껴지는 시댁 풍경이 좋기만 하다. 온갖 매스컴이 명절증후군이 어쩌니 저쩌니 떠들어 대고 편한 것만 찾는 신세대들의 요지경 같은 불만이 쏟아져도 나는 어째 그런 이야기들이 시큰둥하게 들리기만 한다. 어차피 함께 어울려 사는 세상인 바에야 이삼 일 봉사로 죽는 것도 아닐 텐데 무어 그리 몸을 사리고 말들이 많은지 알다가도 모르겠다. 이 많은 손님들을 치러 내는 큰형님의 속내는 오죽하겠는가.

거기에 비하면 내가 겪는 잠깐의 피로야 며칠 뒤면 사라질 일이다. 그러니 쩨쩨하게 불만의 마음을 쌓아 둘 필요가 없다. 화통한 마음으로 받아들이고 즐거운 흐름을 타는 것이 훨씬 낫다. 그것이 내 스스로를 편안한 기분으로 이끌어 준다. 유쾌함이란 곧 풀어냄이고 풀어냄은 또 자잘한 감정에 얽매이지 않음에서 오는 것이니 피붙이들이 서로 가까운 정을 쌓아 가는 일이다.

명절마다 눈앞에 펼쳐지는 복잡한 일들을 긍정적으로 바라보려고 노력하는 것도 내 나름의 덕을 쌓는 일이다. 오직 편안하기만을 바란다면 무인도에 가서 혼자 살 일이다. 그렇지 않다면 눈을 크게 뜨고 가까이에서 벌어지는 작은 일들을 심호흡으로 좋게 받아들여야 한다. 다소 불편하고 성가신 일을 소소한 것으로 받아들이는 태도야말로 스스로 마음의 짐을 덜어 내는 일이다. 그것이 정신적 부담을 줄이고 마음의 여유를 찾아가는 지름길이 아닐까. 이것을 안다면 각자 나름대로 일상을 감사하게 받아들이는 작은 원칙 하나쯤 세워 두는 것이 낫다.

무슨 일을 하든 거기서 발생하는 자질구레한 일들은 있기 마련이다. 그런 곁가지들을 대충 걷어 내고 큰 줄기만을 보고자 하는 것이 평소 내 나름의 해결책이다. 행복을 느끼는 데에도 자신의 책임이 있다. 누군가 나에게 행복을 가져다주기만 바란다고 해서 그것이 저절로 굴러떨어지지는 않는다. 세상에 회자되는 명언 가운데 행복이란 먼 곳에 있는 것이 아니라 괴로움이 적은 곳에 있다고 하지 않던가.

뻐꾸기 우는 여름

싱그러운 여름입니다. 햇발 스러진 늦은 오후에 산책을 나갔습니다. 잎잎이 기운찬 산길에 아무런 생각도 없이 발길을 옮겨 놓습니다. 웬일인지 텅 빈 마음이 허전해 기운이 다소 빠져나간 듯싶습니다. 유난스레 여름을 타는 저에게 또 다시 시작된 지병처럼 호된 계절감을 느끼게 됩니다.

갑자기 산자락 저 먼 곳에서 뻐꾸기 소리가 들려오기 시작합니다. 느닷없이 울리는 내 마음의 푸른 종소리. 닫혔던 의식이 일시에 확 깨어납니다. 느슨하던 마음에 충격이 가해진 것처럼 눈에 반짝 총기가 돌아 허리를 곧장 바로 세워 봅니다. 새벽이슬에 물기를 잔뜩 빨아 올린 상추들처럼 마음조차 파릇파릇 살아납니다. 그때 누군가의 얼굴이 퍼뜩 떠오릅니다. 어머니! 가던 걸음을 멈추고 서서 잔물결처럼 번져나가는 그 얼굴을 꺼내 보다가, 꺼내 보다가…. 알 수 없는 서러움에 눈물이 고여 옵니다.

처음으로 열매를 맺기 시작한 사과나무처럼 젊은 엄마가 제 무릎높이의 조그만 아이 하나를 데리고 저만치 샛길로 들어섭니다. 그 아장거리는 걸음마를 보면서 저땐 나도 그랬지 생각합니다. 쓰러질 듯 쓰러질 듯 뒤뚱이는 모습이 귀엽기도 하다가 행여 쓰러질까 그 어설픔에 달려가기도 하겠지요. 언제 컸나 싶게 활기찬 녀석을 품안에 안아 보다가 제법 반항심이 넘칠 때쯤이면 속이 상해 끓는 마음이 흘러넘치기도 할 겁니다. 쑥쑥 자라 장대처럼 키를 높이면 그때야말로 제 잘난 맛에 혼자 덥석덥석 큰 줄 안다지요?

사람의 일생이란 그런 것 같습니다. 봄바람에 새순 나듯 여리게 자라다가 더러는 아프기도 하면서 몸피를 조금씩 늘려가지요. 적당히 자랐나 싶을 때쯤이면 어느 장단에 춤을 추듯 신바람 나게 크다가도 가끔은 비에 젖은 풀잎처럼 가라앉기도 하고 출렁이듯 너울대다 곤두박질을 치게도 됩니다. 곤파스에 꺾인 나무동강처럼 볼품없이 꺾였다가 어느 날 밑뿌리 곁에 겨우 소생한 줄기 하나로 새롭고 싱싱하게 뻗어 가기도 합니다. 어처구니로 맷돌을 돌리듯 때로는 진척 없이 맴맴 돌다가 겨우 제자리를 다져 놓으면 그때부터 본모습을 찾아가기 시작하는 것이겠지요. 그렇듯 상황이란 이리저리 바뀌기 마련이니 크게 기뻐할 것도 크게 슬퍼할 것도 없이 다만 주어진 순간을 위해 최선을 다해 보아야 하는 것이 아닌가 싶습니다.

어머니, 우리는 알아야 할 그 무엇이 그리도 많아 오랜 세월 칡넝쿨 넌출 대듯 바깥을 향해 맴돌다가 비로소 제 마음의 텃밭을 가꾸게 되는 것인지 참 알다가도 모르겠습니다. 사랑의 씨,

분노의 씨, 미움의 씨, 그중 어떤 씨를 내 마음의 텃밭에 심어야 하는가는 각자 선택의 몫이어야 하겠으나 다만 사랑의 씨를 심는 것만이 마음의 평안으로 가는 지름길임을 깨닫곤 합니다. 선한 의지를 가진 자만이 그 시작과 끝이 아름답게 열리고 닫히는 것이라는 걸 늘 마음에 새겨 두면서 멀어져 가는 어린것의 천진한 뒷모습을 가만히 바라봅니다.

숲의 그림자가 사위어 가는 거기 어디쯤에서 울음을 멈춘 뻐꾸기 소리가 야속하게도 그리워집니다. 무덤덤한 마음 한 끝에 느닷없이 줄 하나를 퉁겨 놓고 저 혼자 아무 일도 없는 듯 자취를 감추어 버렸습니다. 둥지 밖을 떠돌다 그리운 얼굴 하나 두둥실 떠올려 놓고 미련 없이 제 갈 길로 떠나 버렸습니다. 어둠이 나인지 내가 어둠인지, 슬몃슬몃 밤기운에 잠겨 가는 조그만 산길에 우두커니 사람 하나를 세워 두고서요. 남은 날들을 어찌해야 되는지 지엄한 선사처럼 작은 화두 하나를 던져 놓고서 말입니다.

씨줄과 날줄처럼 얽힌 사람살이에 공연한 것들의 덧없음을 가르쳐 주기라도 하는 양 저녁 바람에 새롭게 눈이 떠지는 것을 느끼게 됩니다. 무심하게 사라진 것들 속에 온통 마음 담긴 소중한 것들이 있었음은 때로 살아가는 이유가 되기도 하나 봅니다. 알 수 없이 일어서는 마음의 소리들이 제 풀에 겨워 이제야 다소곳이 몸을 낮추기 시작합니다. 그 소리도 없는 마음경을 읽다가 불현듯 돋아나는 옛정에 여름날 오후가 사무치게 흘러갑니다.

익숙한 것들은 늘 익숙해서 제 도리를 다하지 못하고 홀연히 먼 길 떠난 자리에 서서 풍경 아닌 풍경들을 담아 두다가 느지막이 철난 아이처럼 온 길을 뒤돌아봅니다. 자박자박 걷던 길에 두고 온 형제자매의 얼굴들도 함께 말이지요. 그리운 날들이 거기 그렇게 남아 있음이 안도 어린 한숨처럼 퍽이나 다행이란 생각이 듭니다.

아무 일도 일어나지 않은 하루 끝에 저 멀리 숨겨진 듯 뛰쳐나와 가뭇없이 사라져간 뻐꾸기 울음소리가 어머니께 미처 하지 못한 말들을 이제야 두서없이 풀어놓게 만드는 것을 용서하시기 바랍니다. 지나간 한때의 날들을 펼쳐보는 이 순간에도 멀고 먼 천상의 나라에서 여전히 곱게 익어 가고 있을 거라고 안부를 묻습니다. 그리운 얼굴 하나쯤 묻어 두고 살자니 긴긴 여름날 오후가 서늘하게 깊어만 갑니다.

어머니, 그곳에서도 두고두고 강건하시기를 기원드립니다.